刘佩金 著

金哥日记

河南文艺出版社
· 郑州 ·

图书在版编目（CIP）数据

金哥日记/刘佩金著. —郑州：河南文艺出版社，
2016.10（2019.9 重印）

ISBN 978-7-5559-0445-8

Ⅰ.①金…　Ⅱ.①刘…　Ⅲ.①日记-作品集-中国
-当代　Ⅳ.①I267.5

中国版本图书馆 CIP 数据核字（2016）第 212847 号

出版发行	河南文艺出版社
本社地址	郑州市郑东新区祥盛街 27 号 C 座 5 楼
邮政编码	450018
承印单位	三河市兴国印务有限公司
经销单位	新华书店
纸张规格	700 毫米×1000 毫米　1/16
印　　张	20.25
字　　数	251 000
版　　次	2016 年 10 月第 1 版
印　　次	2019 年 9 月第 2 次印刷
定　　价	55.00 元

目录

自序：何为人生？

岁月荏苒，天地悠悠。在这无尽的日月更替中，游弋在历史长河中的人们总把人生这个庞大且沉重的课题交给后人来回答。古往今来，多少仁人志士，多少才子佳人，围绕人生的话题竞相作答，然而人生却依然扑朔迷离……我们，甚至我们的后人，都将永恒地把这个没有终极的答案续写下去！

人的一生，简单叙述，其实就是从生到死、从娘胎至坟墓的过程，然而细细历数，人生就显得异常复杂多变了。有人说人生是一局棋，有进有退、有赢有败；有人说人生是一场梦，到头来竹篮打水一场空；有人说人生是一幅画，山长水远、跌宕起伏；有人说人生是一壶酒，越藏越醇厚，越品越有味；有人说人生是一杯茶，香郁而淡雅；也有人说人生就是儒释道演义中的一个传说；还有人说人生是耶稣基督的真理与永生；更有人说人生就是修心，是爱、喜悦和自由的综合……

当然，同样有颓废者面对物欲横流、罪恶泛滥、公义软弱、真情难寻、正路难行的大千世界而一叶障目，看不到光明，失去了人生方向，直至痛苦绝望、浑浑噩噩、得过且过、游戏一生……

总而言之，人生千变万化，或伟大，或平凡，或顺畅，或艰难，或荣耀，或晦暗……充满了变数，充满了神秘，充满了说不清道不明的不可预见性。

我觉得，人生的真谛就是生命的强大活力得以无限延续，在一次次的延续中与日月同辉、与宇宙同生。或者说，人生就是在生老病死、香火延续中精心撰写的一部巨著：饱蘸生命的汁水，把扎扎实实走过的每一步浇灌成一个个字符，把有声有色的每一天辑录成一句句语言，人生的巨著必将厚实而多彩！

《金哥日记》就是在这种人生理念下自然流淌出来的作品。我不是作家，也不是专业写手，更不是专家学者，充其量是一个最不像商人的从商者，只是把自己的生活碎片与点滴感悟记录下来。我出身贫寒，生在山沟，长在农村，犁耧锄耙样样娴熟，当过学徒，跑过单帮，也品尝过高考败北的沮丧与痛苦，领略过职场的失意与冷落，感受过事业的成与败……回看自己弯弯曲曲的人生路，从银行临时工一直做到行长，四十岁辞去行长直闯美利坚，混到衣食无忧后又投资家乡。一路走来，竭尽全力，虽满身疲惫，但仍在用强悍的生命力来寻找我的爱，来捕获我的喜悦，来营造我的自由……一言以蔽之，这么些年来，我无不是在正能量的集聚和爆发中完成生命中的每一天！

2015年，我开始在微信朋友圈写一些人生的体会和感悟，一不留神，竟备受朋友喜爱，粉丝剧增！后改成公众号，粉丝更涨，且屡被微友点赞、评论、转发，我频频被称为"佩金哥"。遂索性把总题改成了《金哥日记》，其间每一篇均在手机上打字完成，且都一遍成文，不做修改，力求保持原汁原味。但由于其他原因，2016年初我暂停了《金哥日记》的写作，这是必须解释并说抱歉的。在这段时光所积累的日记即将出版之际，艺文书局的几位老师建议我继续写下去，我的回答是：会的，但必须在爱、喜悦与自由的前提下！我充满期待，也请朋友们充满期待。

2016 年 8 月 23 日于青云林海

2015 年
30
6 月小

夜，不见星空

到家已是疲惫不堪，瘫坐在阳台躺椅上，慵懒地点上一支香烟，深抽两口，吐出袅袅烟雾，一天的忙碌终于画上了句号。拨动 Beats Pill（一种便携式音箱）旋钮，音响棒里流淌出熟悉的旋律，享受一天最惬意的时光！

悠然间，想起一个朋友谈他近段的投资经历："我起初进了三百万股票，两个多月曾涨到八百多万，近一个月却跌到两百多万，最近连续九个交易日竟然跌到一百一十万。亏大了！跳楼的心都有了，股市害苦了我，基本上一夜回到解放前！头两年往担保公司放了些钱，也赚了点儿高息，后来担保公司老板跑路，让我亏了血本。开搅拌站二十多年挣的钱全泡汤了！"

我问："现在搅拌站生意怎么样？"

他说："楼市低迷，建筑商拖欠严重，也基本上没法做了。"

我笑笑回他:"当你想入非非地瞅着股市的时候,那里就是天堂。当你被它深深套牢时,那里就是地狱。当你认为高利贷赚钱时,你会放弃本行。当你的股票涨到八百多万时,你还想赚更多。这都是欲望惹的祸,能怨谁呢? 命中没有别强求嘛!"

他满脸茫然,表情难看到了极点,不知是怨自己还是反感我的回答。他二话没说,站起来走人了。

何止他一个人这样呀。最近不知到底怎么了,几乎每个行业都资金吃紧,钱究竟哪儿去了? 身边的朋友几乎没有说手头宽松的,是天灾,还是人祸?

食指与中指突然感觉疼痛,香烟已烧到手指。起身眺望窗外,夜色显得更浓,天空不见一颗星星,是要变天? 今晚注定是一个更为浓烈的夜。

在漆黑的夜色中,顿觉咽喉间翻滚着一种渴求、一种声音,也许仅是呢喃而绝不是呐喊,似乎有点儿跳不出这太深的夜色。喉咙隐隐作痛,几欲撕裂,于是服了咽喉片,又冲了凉水澡,对着镜子露出一些卑微的笑意,告诉自己:微笑是最美的状态!

2015 年
1
7 月大

股市惊魂

昨晚我写的微信日记在朋友圈引起了一些反响,不少朋友点赞和评论,还有一些经常潜水的朋友打来电话,与我探讨良久,其焦点还是围绕股市和钱紧、钱荒等问题。我再三声明自己不是这方面的专家,讲不了这么专业的问题,可还是有朋友要我再写一些关于这些问题的文字。实在难以推托,所以就借微信平台扯上几句闲话,权作笑料。

我没有能力考证股票的始作俑者或者创始人是谁,但粗略了解股市的前世今生。据说,世界上最早的股份有限制发端于 1602 年成立的荷兰东印度公司。这家公司主要向东方进行殖民掠夺和海上贸易,高风险高收益。当时,没有一个参与者能拥有如此庞大的资金,也没有谁愿意积极筹集远航资本,承担经营风险。于是就以股份集资的方式,在每次出航前招募股金,航行结束后将资本退给出资人并将所获利润按入股的比例进行分配。为保护这种股份制经济组织,英国、荷兰等国的政府给予其各种特许权和免税优惠政策,还制定了相关法律,以确保其合法性。后来又开始公开招买股票,凡购买了股票就获得了公司股东的资格,并不再退股分利,而是改为将资本留在公司内长期使用,从而产生了普通股份制度,相应地形成了普通股股票。此后,证券交易在欧洲的原始资本积累过程中出现并壮大,再后来就形成了现在的股市。

中国 A 股市场形成很晚,是改革开放以后的事了。众所周知,股市是经济的晴雨表,要靠实体经济支撑,也就是说经济越好股市越好。可是我们的 A 股,有时并不符合这个规律。

经历近期 A 股市场连续断崖式下跌的投资者,都真切感受到了资本市场的残酷无情,其有时真的是一部温暖洋溢的爱情片,让人倍感甜蜜。但摇身一变又会成为惊心动魄的恐怖片,让人绝望无助,这个时候你千万要淡定。

在美国,玩股票的大部分是专业机构,以及一些老人家和中年人,年轻人很少。面对中国本来就不太正常的股市,年轻人还是远离为好。因为猪和专家买股票,最后的结果基本相同,千万别听信专家的忽悠,他不把你弄进茄子地不会罢休,此话绝非危言耸听。

2015 年
2
7 月大

融资乱象

　　小额担保,是指通过政府出资设立担保基金,委托担保机构提供贷款担保,由经办商业银行发起,主要是为符合一定条件的待就业人员从事个体经营提供小额贷款服务。小额担保贷款主要用于自谋职业、自主创业或合伙经营的开办经费和流动资金,每笔不能超过资本金的 5%。

　　我们中国人嫌发财致富的速度太慢,一些小额担保公司就开始了账外业务,号召老百姓来公司存款,利息远远高于银行,再用月息三分甚至更高的利息放出企业急需的过桥资金,从中牟取暴利。所谓"过桥",是指企业融资贷款到期后需要还给银行,然后再贷出来的间隔期,短则一周,长则半月,有的甚至更长或者再也贷不出来了,因为银行一旦发现有风险存在,就收回资金不再放贷了。这个时候,担保公司就傻眼了,只能追索企业,可运行本来就很紧张的企业怎会有闲余资金偿还担保公司呢？要是能还，他就不借了。

这个问题产生的原因主要是中国银行业的征信系统上得太快了。为了与世界接轨，中国银行界迅速取消了借新还旧的游戏规则，诞生了一套先进的征信评估软件，不能按时偿还贷款或拖欠利息，马上就会进入银行的黑名单。联保企业会受到影响，也会危及企业的生存。所以企业不借高利贷不行，为的是先保性命。长此以往，企业怎能承担得了如此高额的负担？高息借贷只是相对延长了企业的生命，迟早是一死。当企业濒临倒闭时，担保公司无力偿还老百姓的存款，只有跑路或倒闭。更有甚者，有些"担保公司"也不注册，租间房就开始了高利贷业务，不用登记也不用交税，纯粹地下钱庄。

担保公司和高利贷的猖獗，演绎了一串串的社会生活折光：勃发的绿、伤感的白、悲愤的黑、神秘的紫、显贵的黄、温情的粉，还有那灰色的死亡……

至于钱紧问题，且听下回分解！因为九十三岁的老父亲已三次叫我吃晚饭了，我虽已是中年，可在老父亲面前依然是个孩子，孩子哪能不听老爹的话呢？

2015 年
3
7 月大

钱都哪儿去了？

钱都哪儿去了？这个话题太大太深，很难一言概之。但可就此谈一点儿自己的看法。

近年来，我参加过不少学习班，研讨的都是新常态下如何适应商业潮流之类的议题，比如资本运作、IPO（首次公开募股）、众筹、钱袋子、P2P、互联网+等。同学大部分是各企业的老板，虽然大家听课的目的不尽相同，对上课内容似懂非懂，但大家有一个共性的问题，那就是"如何解决资金困境"，他们都觉得目前经济社会环境的变化和经济整体下行的压力使人无所适从，找不到突围的方向，集中表现就是钱紧。

人们不禁会问，泱泱中国——排名世界第二的经济体，钱都哪儿去了呢？让我们来看一组数据：2014 年 5 月末广义货币供应量（M2）达到 118.23 万亿元，2008 年年末才 47.5 万亿元，5 年多增长将近 1.5

倍,而同期 GDP 的增长只有 0.96 倍(从 2008 年年末的 30.06 万亿元增长到 2013 年年末的 56.88 万亿元)。118.23 万亿元人民币按官方汇率折算成美元为 18.9 万亿美元,远超美国,但中国的经济总量仅为美国的一半。

单纯拿中美两国的 M2 相比较是不妥当的,中美两国 M2 的范围和结构不一样,但是中美两国国内货币总量是可以比较的,中国货币比美国要多得多。2013 年中国的 M2/GDP 为 1.95,排名世界第一,超过日本当年的泡沫时期。新近推出的降准政策,最少可以释放出来 7 万个亿。多么惊人的数据,怎么会钱紧呢?

数据虽不能说明一切,但也非一切都不能说明。这些数据已经明确地告诉我们,中国的钱并不紧张。

那么如此多的货币究竟哪里去了? 依我看,中国的货币不是总量问题而是结构问题,结构问题掩盖了总量问题。结构问题里既有中国现阶段经济社会的客观必然性,也有后经济危机时代中国经济结构扭曲在货币领域的反映。货币增加既有合理的因素,也有当前必须认真对待并着手加以解决的问题。中国存在货币超发,但是并不像一些人简单地用时间和国别对比所表达的那么严重。

下面将我的几点看法列举如下:

1.中国农村商品经济的发展和小农经济的经营方式是中国货币存量增加的重要因素之一。

2.千千万万中小企业、工商业者用于经营和"垫底"的货币也是中国货币存量稳定增加的重要因素之一。

3.内需外需萎缩,大量资金游离出实业造成了实体经济资金的短缺。

4.国有企业的产能过剩、资金周转困难凝固了银行贷款,大量的资金被占压在钢铁、建材、煤炭等资金密集性较高的产业上。

5.大量资金沉淀在房地产业,成为当下资金紧张的又一个重要原因(三、四线城市大量的房子卖不出去)。

6.银行存款利率的管制使大量的资金"脱媒",游离出国家信贷资金主渠道,也是实体经济资金紧张的主要原因。

当然,造成钱紧的因素还有很多,短时间内也不会有非常大的改观。但可以肯定地说,2015年下半年会有所缓解,因为经济回暖是必然趋势。心急如焚的企业家们,请你们再耐心一点儿,曙光不会太远。

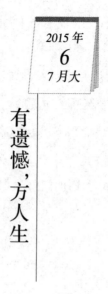

2015 年
6
7 月大

有遗憾，方人生

　　海外游子强烈的漂泊感受和思乡情绪是难以言表的，只能靠一颗小小的心脏去慢慢体验。当这颗心脏停止跳动时，一切也就杳不可寻。他们也许浮沉在海涛间，也许淹没于丛林里，也许困囿于异国他乡的破旧楼房中。

　　如今的祖国，江山一片红，欣欣向荣，太平盛世。海外游子纷纷回归到母亲的怀抱，既是想为祖国发展添砖加瓦，也更想在这场盛宴中多分一杯羹。他们传承了中华文明特有的睿智，铭记着祖宗的教诲，又汲取了洋人的文化与智慧。

　　狡兔三窟，大部分海归保留了在国外的房产、国外的身份，以备万一在国内不济时杀回去。他们不厌其烦地奔波在两国之间，眼观六路，耳听八方，两边的风光都不想错过。不停地变换着时空，前脚看惯了国外的"好山好水好风光"，后脚便抱怨起国内的"好脏好乱好器张"。好容易适应了国内城市的摩肩接踵,飞到大洋那头又要忍受人烟稀少的冷清。

两边的对比无处不在,内心的翻腾无时不有:

住在国内的高层公寓楼里,怀念的是国外面朝大海的别墅。回到空无一人的国外大房子,怀念的是国内饭来张口、衣来伸手的惬意。

国内新楼房、新商圈的繁杂混乱让人怀念国外的鸟语花香。国外过着一成不变的日子,看着一成不变的景物,又怀念国内的日新月异和风起云涌。

在北京、上海、广州等大城市逛街,满眼成千上万的标价,怀念的是美国 Outlets(折扣店)和半价店里的闲庭信步。驻足在空空荡荡的海外大街,又怀念国内地摊上应有尽有、物美价廉的丰富。

在国内厌倦了亲朋之间明来暗去的纷争,怀念国外的简简单单、清清楚楚。在国外关起门来朝天过的时候,又怀念国内的人情往来、亲人眷顾。

在国内抱怨不公正、不合理、阳奉阴违的时候,怀念国外的公平透明、说话算数。在国外举目无亲、公事公办的时候,又怀念国内的后门、关系、小灶。

对国内房产七十年的土地使用权耿耿于怀,怀念国外能永远拥为己有的房屋。守着自己的一亩三分田在国外辛勤劳作的时候,又怀念国内一飞冲天的房地产豪赌……

因为有了身在其中的比较,对彼此的高低起伏才更明了。人比人能气死人,自己比自己也好过不到哪儿去。过去将来时和现在时比,过去时和现在时比,现在时和将来时比……对那个不存在的虚拟时光尽可以天马行空地想象:"如果当初我……现在……"本以为鱼与熊掌可兼得,不承想鱼和熊掌都变了味儿。选择多了,让人无所适从,反不如没有选择的余地来得利索和纯粹。因为有了选择,过后才有了遗憾和后悔;因为担心将来遗憾和后悔,才有了在选择面前的踌躇不决,才会脚踏两只船(两头占);因为脚踏两只船,才有了鱼和熊掌都变味儿的烦恼。哪比得上舍鱼而取熊掌,或舍熊掌而取鱼来得痛快淋漓。不少人对已经在手的不知道珍惜,却艳羡另一只船上的东西,对无法得到的垂涎欲滴,忘记那本是自己曾经的放弃。本该享受喜悦的时候,却患得患失;本该庆祝收获的时候,却若有所失。

选择越多,欲望越多,痛苦也越多。正如叔本华所说:"生命是一团欲望,欲望不能满足便痛苦,满足便无聊,人生就在痛苦和无聊之间摇摆。"脚踏两只船的海归生活,似乎难免痛苦,因为人生考卷上的单选题,他们做成了复选。

我小时候喜欢过一副对联:"有志者,事竟成,破釜沉舟,百二秦关终属楚;苦心人,天不负,卧薪尝胆,三千越甲可吞吴。"长大后才体会到渗透其间的坚持和决绝。破釜沉舟、背水一战都是不给自己留后路的做法,唯有这样才能全力以赴。于事业如此,于家庭生活亦如此。人活的是心态,幸福不幸福全在自己的感觉,脚踏两只船者随着两只船的不平衡而心旌摇曳、心绪不宁。筹措这辈子的事业、下一代的前程,盘算得完吗?算计得清吗?得陇望蜀,当心连陇都丢了。归就归得彻底,不要剪不断理还乱;留就留得干脆,让心如止水,因为"此心安处,便是吾乡"。

话虽这么说,可谁又能摆脱了瞻前顾后的困惑呢?前后兼顾、左右逢源历来是国人的习惯,更何况是那些染有西派理念的海归。心猿意马所带来的遗憾是必然的,是注定的,但凡人一辈子都会多少留点儿遗憾。反言之,人生没有遗憾了,岂不是更遗憾吗?

2015年
7
7月大

老大

一老乡,也是远门亲戚,年长我几岁,我管他叫"老大"。他原是赫赫有名的煤老板,一掷千金而不眨眼。他身材敦实,肤色古铜,五官轮廓分明,目光深邃,犹如古希腊雕塑。为人既忠厚大气,也不乏圆滑。说实话,我很欣赏他,常与他来往。前些年国家收购私营煤矿,他弃煤转行,做起餐饮与旅游,生意不抵以前,但仍说得过去,没为钱犯过愁。

今天老大打电话说急着见我。到了约定的茶馆,他开门见山:"请教一事儿,听说股市断崖式下跌,快要崩盘了,你咋看?"我听后虽有些震惊,可还是品了一口茶缓缓地对他说:"你又不炒股,与你何干?"他不由分说:"快说,到底是咋回事嘞?以前朋友之间做生意拆借个千儿八百万一句话的事儿,这会儿借百十万咋难成这样?"我问他咋回事。他说:"我的七八千万以前都借给朋友了,现在都说没钱还,今天急用,向朋友借一百万,一张嘴被搁那儿了,真扯淡!不借就算了,还找理由说是钱被股市套牢了,我压根儿就不信他胡扯八道!"我听后劝他说:"老大,应该是真的,消消气!"他顶了一句说:"真个屁!他生意做得好好的,咋就套在股市里了?分明就是不想借,我知道他放高利贷,是怕我不掏高利息!"几口茶后我慢条斯理地解释:"大环境呀,这两年生意都不太景气,前段时间炒股票挣钱,把钱投到股市里也很正常。这几天行情不好,连续跌停,套牢也很正常。"听了我的话,他火气有点儿缓解,接着问:"那现在各行各业钱都紧成这样,国家能不知道?"我不知如何回他,顿了一下说:"应该知道吧。经济整体下行的压力明显,国家不会不知道。"他大笑:"我一直以为你学问高,出过国,能说出个小鸡叨米来,谁知你也不知道。算了,你走吧!"我没再说任何话,因为我很了解他。

回来的路上我在想:成大事者,不但要有超世之才,亦得有坚忍不拔之志。可幸福必是单纯的,欲要寡才行。一旦欲壑难填,生活定会变得复杂而痛苦,我们应该停下来,等一等落在身后的灵魂了……

2015 年
8
7 月大

在学习中适应

今年七月，世贸零关税正式面向中国。海外各种品牌将通过电子商务和直销模式大量进入中国，对中国相关行业会产生一轮强大的冲击。如果你发现市场真的不好做了，不要太过惊慌，因为一个跨界、整合、交叉、渗透、竞争的新时代到来了，会有很多店面被迫关闭，甚至一半以上的从业人员将改变原有的工作方式。

在这个经济大变革的时代，没有人会和那些思想还处于原始社会的人磨叽。鸡叫了天会亮，不叫天也会亮，关键是天亮了，谁醒了？谁还在酣睡？这就是时代的足音和市场的规律。不要娇滴滴地对市场说你不喜欢，弱势者基本上没权利选择好恶，你只能等着被市场与时代淘汰，残酷对你没商量。

我心中有位非常尊敬的大哥，身居高位，曾是赫赫有名的"铁公鸡、铁算盘、铁手腕"人物，可谓精明强悍、胆识过人，在改革浪潮中曾际会风云。同时,也滋生了固执己见、墨守成规等陋习。昨晚在微信朋友圈里,我突然发现他在转发股市消息,惊诧于他的转变。今天在地摊早餐时,与跟他很熟悉的人碰上,聊起此事,听说他现在也会网上购物,正在学习互联网。真是令人咋舌,时代改变人呀!

"补充知识、扩大格局、结交人脉、寻找人才",已成为这个时代的主旋律。这波巨大的浪潮没有人可以阻挡得了,还些许带有腥风血雨的味道。与其徒劳抗衡,不如在学习中适应。

2015 年
10
7 月大

梦回奥兰多

记忆中,孩提时代的夏天要比现在的夏天热很多;到了学生时期,只顾真不真假不假地完成老师布置的家庭作业,对夏日的记忆已不怎么清晰;参加工作后,到了红绿灯和水泥、钢筋组成的世界,几乎再没有过骄阳似火的感受,空调把夏的酷热给冰镇了。

后来移民美国,有了家庭医生,他对我身体的健康状况倍加关注,时不时会通知我体检。在一次检查中,医生说我缺维生素 D,主要原因就是缺乏夏天太阳的滋养,其他季节的太阳对产生维生素 D 的帮助远不如夏天。为了增加维生素 D,我几乎每天从上午十一点开始,都信步在青云林海优年小镇的广场上,享受太阳光的照耀,与太阳公公做深度交流。紫外线仿佛特别懂我的用意,对我的皮肤毫不留情:本来古铜的肤色,变成了印度色。如果你再看到我,也许我都能唱印度名曲了!下午医院通知我,说昨天的抽血化验报告已出结果:维生素

D指标已经正常……我的太阳，我心中的太阳！心里美滋滋的，犹如在梦想岛海滨裸体浴场刚游了海水泳一样痛快。

晚上做了个梦，不知为何，梦到了第六次去奥兰多（Orlando）。因为这里有家，每年都要去两次，不纯粹是度假。每次都必须先来社区办一些相关的手续，其次才是带女儿游玩迪斯尼。

这一次，纽约的大雪拖延了行程，到达奥兰多时天色已晚。夜幕中棕榈树伴随着温暖的晚风轻轻地摆动，与纽约的白雪世界相比，温暖的奥兰多让人筋骨放松、心情舒畅。我租车后没有直接回家，而是带着家眷先到会特尔酒店洗了个温泉浴，吃了地道的美国自助餐，然后才驱车回家。到家后只看了一眼，随即回酒店，因为房子已出租给人家了，自己只能住酒店。哈哈，可笑吧！为了每月都有收入来偿还贷款，只能有家不回，这比对冲基金的赔本好太多了。

不知道奥兰多究竟有多大，我经常走动的地区是"文德米尔"，因为我在这里有家。在2005年美国房价最高时，我跑到这里买了栋"豪宅"，为后来的金融风暴做贡献。这个区是美国房价火爆时诞生的富人区，属橙县管辖。随着现代化的发展，橙县的橙树林已消失，取而代之的是闻名世界的迪斯尼乐园、海洋世界和环球影城等游乐园。

除了著名的游乐园，橙县还有占地面积达65万平方米的奥兰多会议中心和11.3万间客房的旅馆。几乎每个星期都会有大型国际会议和展览在此举行。既宽敞又摩登的建筑物，显示了美国的经济实力。

来自世界各地的人们在蔚蓝的天空下欣赏着艳丽的热带花草、高大的棕榈树,在竹林中聆听竹子拔节的声响,在室外的游泳池中游泳,享受着得天独厚的热带风光。奥兰多的天空蓝如大海,不见浮云,也无尘埃。

在橙县的街道上经常可以见到奇怪的房子:有的倒置,有的半边陷入地下,充分显示了美国建筑设计师自由浪漫的新潮思想。这座城市给人的印象是太新了,没有人文历史,没有故事可讲,记忆里只能留下颜色和形状。

奥兰多是一个非常干净、整洁的城市。大多数人,特别是服务人员对游客都彬彬有礼。橙县至少有两处大型的名牌产品促销中心,廉价出售世界著名的品牌服装。这些服装大部分是中国制造,中国的廉价劳动力富裕了美国人,可是制造这些产品的中国人很可能用高价才能买到奢侈的名牌服装。美国人的体型以肥胖为主,与商店里出售的大瓶饮料和牛奶相称。

奥兰多的公共交通极不方便,没有地铁,等一辆公交车要半个小时。美国人出门开车,不在乎方便与否,只是苦了游人。印象最深的是一些机场、旅店介绍的出租车不打计价器,价钱一会儿一变,车主拿到大票就不想找钱。有帝国的霸气,但也很不讲理。

我家是新建的独立别墅,三千多平方米,五睡房、两客厅、双车库、中央空调,外加游泳池和装有金属防护大网的前后院,距迪斯尼乐园只有五分钟的路程。小区有原始森林、超市、多种体育运动场所等,居住非常方便。如果这房子在纽约,最少也得两百多万美元,可在这地方却天天掉价,自从买了以后压根儿就没有升过值,这宗投资算是彻底失败了!我索性不卖了,留下来当度假屋好了,每年冬天我都可以来这里享受"美国版的海南风光"。哈哈,没办法的办法啦……

2015 年
12
7 月大

境界

　　周日一早，我就被一串串电话铃声惊醒了。多年不见的老领导要带着一帮朋友体验入住感受，还有北京一拨大夫要看旅游住房，更有一帮书画艺术家要来青云林海写生……本想睡个懒觉的我，只好迅速起床，赶往青云林海优年小镇。

　　看别墅样板间，看英伦风的花园洋房，讨论日式温泉度假村设计，一上午马不停蹄，忙得不亦乐乎。真是众口难调，大家品鉴的结果不尽相同，对建筑风格都有独到的见解。两个互不相识的看客竟然起了口角，主要是因为他们审美相悖，观点冲突。我们年轻的销售老总不偏不向，笑呵呵地欣赏他们拌嘴。我问他为何不劝架，他说他的任务是卖房，不为吵架服务，况且客户越吵生意越火。我晕！结果，几拨人当场定了五套房，着实让我的小心脏有点受惊。销售老总笑呵呵地对我说："看来，这个月的任务完成没啥问题了。"

午饭后,我信步在青云林海的广场上,接受太阳的洗礼,继续补充维生素 D。我边走边想:莫非青云林海真要火了吗?火就火吧,这不正是我们所希望的吗?我可能真是落伍了,营销是门科学呀!生活处处充满矛盾,纠结和难受在所难免,有的人会利用矛盾本身做文章,且文章高人一筹。而我却太过在意别人的评价,对自己想做的事情畏缩不前,害怕淹没在流言蜚语中。

其实,这也是大部分中国人的特点,在做人做事的过程中伪装自己,时常活在别人的眼神里,很累,也很没有价值。但你一旦打破常规,冲开枷锁,孜孜追寻自己认为正确的方式,又会瞬间成为另类。所以,在恒久的星空下,不少人成了孤独寂寞的夜行者。你不做,难有所为;做了,又有另类之嫌,简直不知如何是好。而有一种人,却可以在夹缝中勇敢前行,他们坚定而从容,既能避开流言蜚语,又能创新、奋进;既能抵御岁月的风霜雪雨,又能披荆斩棘,领受人间温暖;既有英雄梦想,又能吃粗茶淡饭。这种人的境界真是非同一般,看来,我只能自嘲了。

2015 年
13
7 月大

淘到的都是宝吗？

　　今天下午，一著名企业家来访青云林海，探讨温泉的设计与施工事宜，晚上在青云林海就餐。饭桌上闲聊时，谈起中国的经济发展问题，他观点别致，说：五年前与人打赌，赌注是手上戴的玫瑰金劳力士。他认为马云的阿里巴巴三年内一定倒闭，可到三年头上，却在新闻中得知总理亲自接见马云。他自认输了，主动把价值十几万的手表送给对赌方。到后来，阿里巴巴又成功上市，马云一度成为中国首富，他更是百思不得其解。

　　他说几亿人在玩淘宝，几乎什么都能网购，而且价钱便宜得惊人，那零售店不都该关门了吗？这么多的零售业从业人员该去干啥？再则，淘宝店里的物品真假难辨，买点小小不言的东西也就算了，可现在很多大公司都用淘宝购买原材料。假如中国的基础建设所需材料都用淘宝，那还得了？还谈什么百年大计质量第一？现在很多工程所需建材从网上购买,刚开始还行,没几天就出现质量问题,甚至几个月就报废。有些物品支撑的时间更长一点,但迟早也是个坏。这马云非把中国的经济搞乱不可。

他认为,阿里巴巴的淘宝体系监督不严,国家也缺乏应有的监管手段。政府应该对淘宝有所限制,如果任其发展下去,会彻底搞乱中国经济。马云的阿里巴巴迟早会完蛋,必须退出中国的历史舞台。他还说现在的京东网购与唯品会要远远好于淘宝。

对他的观点,我不敢妄加评论,但也有些许同感。因为青云林海也曾在淘宝购过不超过一千块钱的工程小配件,一个月就生锈腐蚀,从此公司彻底禁止网购任何用品,尤其是在淘宝。

记得在美国时,政府为了保护零售业和消费者所购物品质量,对易贝网购有一系列的限制条款,不允许彻底放开网购。中国对网购有限制条款吗?我孤陋寡闻,不得而知。

2015 年
14
7 月大

忧心忡忡

最近,不少外媒对中国的经济泡沫非常感兴趣,认为中国表面兴旺、腾飞的经济面临着泡沫破裂的危险。主流媒体新华网转载日媒文章《中国如何才能避免重蹈日本泡沫经济覆辙》,该文指出:"房地产泡沫、对美贸易摩擦、劳动力短缺……日本经济发展 40 年中遭遇的各种课题,如今几乎同时摆在了中国面前,使得政府的政策制定变得更加艰难。"同时,花旗集团称:"由于中国对房地产的依赖程度已经接近美国和日本房地产巅峰时的水平,所以中国的房地产市场可能正走向泡沫化阶段。"

通过简单对比我们就会发现,当前部分城市房价虚高是不争的事实。然而,中国房地产泡沫的危险不在于此,而在相关政策。如果我们和日本一样采取激进的政策,可能会导致整个经济硬着陆。我认为,无论是房市、股市,还是整个经济,最大的风险来自激进的调控政策。

我是喜欢分析中国经济情况的,也曾写过一篇《房市泡沫在较劲》。今天我就将自己关于房地产泡沫的一些看法列举如下:

第一,房产税相当于日本捅破泡沫的固定资产税。企图通过税收遏制房地产价格,最终会将成本推到无以复加的地步,只能硬着陆,老百姓吃亏。事实上,虽然我们不认为中国当前的房地产市场存在巨大的泡沫,但是就整个房价而言,构成房价成本的巨额部分是不断上涨的土地出让金和多如牛毛的税费,这些税费构成税费泡沫,已经严重威胁到了老百姓的家庭财富。如果想从成本上降房价,只能从税费方面下手。我所以反对房产税,是因为房产税本身在市场成本的构成中不占很大比重。权力已经对市场构成了严重的威胁,大家天天谈将权力关进笼子里。房产税的出炉,彻底浇灭了大家的幻想。

中国房地产的市场化改革,还需要努力。当前的市场化程度,连半市场化都算不上,因为没有根本的制度能够管住地方政府不停地对房地产市场抽血,市长大人们在征税问题上既当运动员又当裁判员,自己征税自己批准。当年日本通过加税的形式迫使房价硬着陆,得到的只是几十年的通缩苦果,终结的是日本制造。我们早就指出了,当年西方国家鼓动日本加税加息和日元升值,本质上是在做空日本制造的核心竞争力。借泡沫之手,收拾世界老二的日本。我们中国不能再上当了,房地产与中国制造血脉相连,一损俱损,一荣俱荣,将房地产打得稀巴烂,等于自己挖自己的墙脚,自绝中国制造之路。

第二,人民币升值是中国房市乃至经济稳健发展的心腹大患。从直接角度上来说,人民币升值,对中国楼市是利好,"人人都爱人民币资产",对于中国房价来说当然是相当坚挺的支持。然而,人民币升值对中国制造是利空。

按照《中国如何才能避免重蹈日本泡沫经济覆辙》一文的说法,中国认为1985年"广场协议"签署之后,日元急剧升值,对日本的出口产业造成打击,是日本经济长期低迷的开端。因此,中国对于海外要求人民币大幅升值的呼声一直持慎重态度。但是在日本,多数意见认为导致日本经济长期低迷的直接原因是政府在"广场协议"后推行了过于宽松的金融政策,因此对中国的分析表示怀疑。事实上,我们认为,"广场协议"之后,推行过于宽松的金融政策,而不是日元升值对日本制造构成打击的看法是颠倒黑白的,目的是引诱中国采取紧缩性政策,为中国出馊主意,误导中国决策者。原因很简单:如果不是日元过快升值,很多日企就不会被迫转向国内寻找机会,不会到处推高日本国内的资产和劳动力价格,形成巨额的货币需求,日本当局也不会采取宽松的金融政策。由此可见,日本的土地泡沫和房市泡沫,实质上是产业资本被升值逼得没有出路了,加大对内投资需求和货币需求所诱发的。

第三,狂热的干涉主义以及愚蠢的经济政策,是当前最大的危险。《中国如何才能避免重蹈日本泡沫经济覆辙》一文认为,日本对于泡沫经济破裂的一般解释是:"政府推行金融紧缩政策为时过晚。"在2008年秋季发生全球金融危机以后,中国基于对经济形势恶化的担忧,转而推行宽松的货币政策。但在2010年,中国断然加强了对融资条件的限制,并上调了利率。中国是在密切关注股市等市场动向的同时,慎而又慎地实施这些政策的。这次引入房产税制度,中国也采取了以日本的政策内容为参考,一边观望市场一边行动的策略。

事实上,当初日本当局采取紧缩政策,就是听信了那些经济学家开出的紧缩药方导致的。不是日本当局采取紧缩政策过晚,而是日本当局采取的紧缩措施才导致日本经济元气大伤。原因很简单,对当时的日本资产价格上涨和成本推动型价格上涨,通过紧缩货币政策的方式来解决是"驴唇不对马嘴"。

中国也有这样的教训,面对 2007 年到 2008 年的成本推动价格上涨,中国就采取了 N 次加息和上调准备金,差点儿把自己调进去。若不是金融危机爆发,以美国为首的西方国家陷入了困境,我们当年采取的激进措施恐怕对中国经济造成的伤害不亚于金融核战争。狂热的价格限制以及悍然干预市场的行为,扭曲了市场基本的经济关系和财富关系,也暴露了一些经济学家和国外政客的嘴脸,岂能不让人忧心忡忡。

2015 年
15
7 月大

「大侠」语录

上午十时许,圈内一被誉为"大侠"的哥们儿光临青云林海优年小镇。之所以称他为"大侠",是因为他虽是小学二年级毕业,却聪明绝顶,敢给博士级的人讲课,特牛!

办公室喝茶聊天,他开讲自己的观点:"这年头,很邪门!老大与老二 PK(对决),受伤的却是老三。如:王老吉 PK 加多宝,和其正消失了;可口可乐 PK 百事可乐,非常可乐消失了;苹果 PK 三星,诺基亚消失了;小三 PK 正室,官员消失了;纪委 PK 贪官,年终福利消失了。最经典的是中秋节 PK 国庆节,星期天消失了;今年假期 PK 去年假期,除夕消失了。"他说得像顺口溜似的。

像这种幽默的段子,他一气儿讲了好几个,在座的各位都举茶赞美。紧接着他又总结性地说:"生命本无价值,除非你选择并赋予其价值;幸福也不是本来就有,除非你善于、敢于创造。这世界只有一种真正值得佩服的品格或主义,那就是在看清楚生活的真相之后,依然热爱生活。"

哇噻!我简直不敢相信这话是出自他口。境界呀,佩服!

2015 年
16
7 月大

拜金主义

晨读时看到一则故事：

在这个三线城市，小杜算是个小富豪，精明能干，没什么恶习，就是对钱财看得比天还大。前不久，他花两百多万元买了一辆豪华奔驰轿车，在微信朋友圈里晒了又晒，想在朋友面前炫耀自己的富有。

某天他开着新车到处兜风，就在他准备把车停下的一刹那，一辆巨无霸式的货柜车呼啸而过，将他靠方向盘一侧的车门撞飞了。小杜立刻抓起手机报警，不到五分钟警察赶到现场。还没来得及问话，小杜便歇斯底里地大喊大叫起来："上个月花了两百多万元，买了这辆豪华奔驰车，这下彻底完蛋了，看来再怎么维修，都无法恢复原样了。保险公司又不能赔我个新车。"嘟嘟囔囔大喊了半天，可能是喊累了，小杜终于安静下来。警察摇摇头说："我真不敢相信，你们这些有钱人把钱财看得比性命还重。你只注意你的车，竟然连自己的身体也没有注意。"小杜恶狠狠地说："你这是什么意思?"警察说："你的左胳膊已经不存在了,难道你也不知道吗?""哎呀!"小杜又大叫起来,"我的江诗丹顿玫瑰金手表和三克拉钻戒怎么不见了?"

故事虽有些通俗,却也令人扼腕沉思。在世界著名经济学家亚当·斯密看来,人们在追求私利的时候,会在一只"看不见的手"的指引下实现增进社会福利的目的。拜金主义者虽然无可厚非,但是别忘了,任何一个人都不可能将金钱财富带进坟墓里去继续享用。无论多么自私的人,哪怕像葛朗台,他死后,财富无论是让子女继承还是以其他方式处理,最终还是留在社会,而不是随着人死消失。

拜金主义者之所以把钱看得比命重要,是因为他知道,没有钱是万万不能的。他们知道社会的残酷,他们将钱当成保护自己的有力手段。他们认为自己有了钱,就可以保护好自己,就可以减少亲人、朋友的压力,就是爱亲人、朋友的最好方式。相较于权力、地位、出身、知识等,钱是最有神通的东西,它让无权者腰杆挺直,让无力者前行,让卑微者昂首,让出身贫贱的人有了地位,让文盲可以"借脑"……这一切都是金钱带来的巨变,是金钱改变了人生,进而改变阶层流动的凝固,破除壁垒森严的人际隔绝,是每一个贫寒子弟通天的楼梯。虽然我承认现实真的很"现实",可我还是不能认同金钱至上的观点,依我看,与生命、亲情、友情、责任相比,钱财渺小得多。

2015 年
18
7 月大

青云林海

　　早晨,晴空万里,太阳公公把一切都镀上了金色,整个市区显得金灿灿的。九点半,我驱车来到青云林海,来自市区的二十五位老人正从专用接送车上走下,他们是又一批体验入住感受的老人。工作人员个个笑脸相迎,嘴里不停地叫着大妈、阿姨、大爷。老人们一个个被搀扶着接入大堂,并办理了入住手续。他们都乐呵呵的,显得非常开心。十一点多,我走访了两户,问是否满意,他们伸出大拇指啧啧称赞,说这里环境好、空气好,装修得像五星级宾馆似的,又不用做饭,很适合居住。

　　青云林海与嘈杂的市区相比很不同,这里平均温度比市区低 3℃左右,负氧离子比市区高三倍,绿化率在 60% 以上。这里的夏天,显得格外静谧、葱茏、秀丽多姿。中午,炽热的阳光无情地烘烤着各种植物,却给植物带来了疯长的动力。站在空旷的景观带上,放眼望去,一片郁郁葱葱、生机勃勃;用鼻子去闻,可尽享夏天的芬芳;用耳朵去听,除了呢喃鸟语和知了声,还能听见草木生长的激情。

几位老人午饭后没有直接回房休息,而是在广场的树荫下散步。我劝其中的一位说:"大爷,外边气温高,房间有空调,还是回房间吧,以防中暑。"老先生回答:"我是第一次来,体验三天两夜,舍不得去睡,想先享受一下这里的环境,太清静了!"他说已约好了别墅的营销人员,去看英伦式样板房。这次老人是替儿子看的,儿子为孝敬他,先让他来体验,然后再在这里买套别墅。我接着老先生的话茬与他聊了起来:"这里有大专科、小综合的二级甲等医院,专为业主服务,从你正式入住起,你就拥有了私人医生。有三种产品可以选择,你适合买养老公寓,你儿子适合买别墅,孙子适合买花园洋房。公寓你住,别墅作为投资,洋房作为你全家度假专用。"老先生听得特有兴趣,马上让销售人员带他去看样板房,没多大工夫就定了两套,养老房与别墅各一套,直接用手机支付了 20 万元定金。我对老人刮目相看,他用手机支付定金让我真有点儿不敢相信。

此时的天空湛蓝湛蓝,高悬的太阳好像已经把云朵彻底烧化了。背景音乐也换成了悠扬动听的旋律,好像是在歌颂夏天的美好呢……

2015 年
19
7 月大

夏夜狂想曲

周日一整天,几乎没有空闲的时间。上午接待三拨客人,下午接待了六拨,忙得不亦乐乎。没想到会突然来这么多人,公司所有人竭尽全力接待,也忙不过来,到处告急。如有招待不周,还请客人见谅,在此一并致歉。

晚八点,准备回家时,顿感饥肠辘辘。这才想起午饭与晚饭都忘了吃,正好减肥,但也不能啥都不吃。于是跑到开心农场,用手机当电筒摘黄瓜充饥,不过瘾,便又去摘桃子与西瓜。我坐在木栈道的草亭下,独自享受晚餐的乐趣,一顿有趣的野餐打发了饥肠的不满。

此时的槐树林一片漆黑,蝉叫声绵延不断。虽是平铺直叙,没有跌宕起伏,但我并没觉得无聊,反而乐趣横生、兴奋不已。眺望黔黑的苍穹,我在想,夏天太美了!炎热的气温让你不得不卸下厚实的外衣,连同收起那古板严肃的面孔,让肌肤与太阳亲近,身心受熏风夜夜爱抚。我常常大汗淋淋,洗个热水浴,再捧半截冰西瓜,侧躺在瓜棚里或草坪上,不拘小节地啃吃,不用餐巾纸,享受自由自在。或者叫几个知根知底的朋友谈天说地,大摆龙门阵。躲进小楼成一统,管他冬夏与春秋!

如果在农村,你还可以和孩子一起"拱猪"、数天上的星星、讲银河鹊桥的传说。刹那间,儿时的童趣与青年时代的豪气,纷纷凑到我眼前,在追溯和幻想中感觉自己至少年轻了十岁。

一阵微风吹来,有丝丝凉意,夜间槐树林已看不到白天的翠绿,在温热的夜风中显得幽深而成熟。重温白天那一拨又一拨看房的男男女女,仿佛在眼前飘过一朵朵七彩的云霓。你几乎没办法说出哪种颜色更美丽,因为盛夏太过多彩了,她一点儿都不甘寂寞。酷热与雷雨、淡雅与浓艳、烦躁与激情、勤奋与慵懒、疯长与枯萎……全是夏的特征。

这个季节也最能考验人的毅力,因为闷热难熬,便滋生出许多烦躁。意志薄弱者,会干脆把夏天让位给无聊、懒散、游荡和倦怠;意志坚强的人,却分外珍惜夏天,因为她让你兴奋、冲动,让你有机会驾起充实的生命之舟,在磨炼中赢得时间老人的恩赐。

万亩刺槐林毫无羞涩地敞开自己的怀抱,让我从容地欣赏她的执拗与雄奇、挺拔与妖娆。我有许多缠绵的话想说,可以对星空呐喊,可以对夜色娓娓道来,可以对槐林含情脉脉,也可以在森林中做第八套广播体操。

可惜,人生旅程中美丽的夏夜太过短促。转眼间,不惑轻易溜走,我已年届半百,原本美丽的故事和正在演绎的传说,很快将成为甜蜜的回忆。那如火如荼的岁月夹杂着难言的惆怅,勾起了不尽的牵挂,唤起了百般依恋。看一眼夜光腕表,已是九点,忙离开槐树林,驱车回市里,老父亲还在等着我回家呢。

2015 年
21
7 月大

小镇风光

 青云林海优年小镇,是一座集养老养生、休闲度假、旅游观光于一体的文化气息浓厚的现代化城外城。地处黄河古道,是延津国有森林公园的陶南林区。小镇有二级甲等医院、超豪华的养老公寓、英伦风格的花园洋房和联排别墅。

 有人多次问我什么是英伦风格,青云林海的建筑为什么采用英伦风格。其实,从字面上理解,"英伦风"就是"英国的风格",源自英国维多利亚时期。英伦风格以自然、优雅、含蓄、高贵为特点,体现绅士风度与贵族气质。外立面的英伦红,也叫咖啡红,给人以厚重与深刻的感觉,同时又能带来激烈与亢奋的勇士精神。有人说,英国当时之所以能成为日不落帝国,成为全球政治经济文化的中心,就是因为在很多地方用了英伦红的颜色,英伦红就是发财色。

 青云林海引入了英国泰晤士河边小镇的住宅特征,采用咖啡红颜色,主要是追求人与自然的和谐,体现森林生态以及旅游文化气息。并将咖啡红作为整个区域开发的骨架,层次丰富,引人入胜,整体气氛充满生活情调和乐趣。用发财色来激励业主积极向上的奋斗热情,灌注生活的正能量。今天几十个商会会长来青云林海看房,有位男士当场赋诗:"逶迤森林园,英墅隐其间。花香寻幽处,鸟语鸣眼前。主旋英伦调,静心怡情闲。安逸养生居,陶翁乐优年!"

2015 年
22
7 月大

舍与得

　　今天遇到一场罕见的大雨,只有片刻的工夫。不得不感叹大自然的权威与魅力。她想哪儿是哪儿,想怎样就怎样,谁能奈何得了?世事变迁不迭,光阴逝去又来,而我却来不及欣赏流年之韵。岁月就这么匆匆不语地流走一半有余,消逝的是时间,老去的是心境,剩下的是些许惆怅与陌生。拉开阳台的落地窗听雨,面对漆黑的夜色和对面楼上的亮光,脑海里浮起了许许多多画面。

　　小时的我生活在深山沟里,是多么幸福,无忧无虑,没有任何压力与挫折。可那时的我并不懂得珍惜,时刻盼望着长大成人。等真的长大了,遭受学业、婚姻、工作、事业等压力侵袭的时候,却又渴望童真的年代。一路走来,数不清经历了多少坎坎坷坷、沟沟壑壑,有快乐,更有艰难。埋藏在心底的童年生活总能抚慰我心灵的疲惫,仿佛遥远的童真能让我暂时离开现实生活,去享受那心无杂念的安宁。现实的花花世界,有多少人埋没在此?滚滚红尘,又有多少人深陷其中?这个世界很残忍,有时真的会让你喘不过气来,但残忍是一种恩赐,每个艰难的背后,都蕴藏着正面的意义。面对困境多了,会发现自己变得更加冷静、坚强,能够抛开被干扰的坏心情,安然接受现实,在失望的泥潭中溅出希望的火花。

美国牧师马飞说过:"坐在幸福的椅垫上,人会睡着;在被奴役、被鞭打而受苦的时候,人才会得到学习一些事情和道理的机会。"人生在世,随着你品格的不断完善,事业的逐步拓宽,心胸会愈来愈大。生命中,最遗憾的莫过于轻易地放弃了不该放弃的,固执地坚持了不该坚持的。但必须坚持先舍而后得。

不觉间,雨停了,窗外吹来一股凉凉夜风,带着雨后的清爽,很是惬意!

2015 年
23
7 月大

华童论道

今天上午在工商联一位副主席的引荐下，有幸与"华童论道"见面，一杯清茶，侃侃而谈。主题是关于青云林海优年小镇项目的前期构思、现有经营状况，以及今后的发展模式。"华童论道"针对项目的目标客户以及今后的发展趋势，讲得头头是道。而且他表示会找时间亲临现场，竭力把郑州客户介绍到青云林海。他认为："森林公园在新乡地区只有三家，一个在辉县，一个在原阳，一个在延津。辉县和原阳建养老养生项目均没有延津有优势。延津交通便利、距离适中，而且小镇拥有二级甲等医院，就更具优势。再加上那里平均温度比市区低 3℃，负氧离子比市区高三倍，拥有得天独厚的自然优势。如果能按照规划尽快把配套设施完善，比如超市、温泉、游泳馆、学校等，一定是一处非常火爆的宜居宝地。"他还说："到时候新乡人会抢着买，郑州人会托关系买，因为它绝对是稀缺资源。今年中央与国务院联合下发文件,强调对林地要加强管理,再通过'招拍挂'拿到这种用地的可能性几乎为零。无论养生养老、休闲度假,还是观光旅游、地产投资,青云林海优年小镇都应该是首选,这地方必火无疑!"

我和主席听后,都非常认同,认为"华童论道"不愧是高人! 他还表示近期会带朋友亲临项目现场,实地感受。

我们的谈话仅有半个小时,却让我从这位朋友的身上看到了智慧,产生了对未来发展的前瞻性思考。青云林海人,有信心、有决心把中原首席养老养生、休闲度假大盘做实做好。即使是逆风而行,也要坚守自己的抉择,坚守自己的信念与梦想,舞出生命的精彩瞬间,为家乡的繁荣奉献一份力量。

2015 年
24
7 月大

城的梦，梦的城

半盏孤灯，一杯清茗，任思绪蔓延。将梦羽化成蹁跹的彩蝶，在雨中飘飞，楚楚若花，浅笑娉婷。静默中，键入素馨文字，轻溅一泓浓郁的真实。痛苦与悲伤总藏在笑脸背后，流着无法名状与诠释的心泪。场面上笑得比谁都淋漓，可当人潮散去，却比谁都落寂……芸芸众生，几人能免这无奈的伪装？

光阴荏苒，时光如梭，日子一天天过去，转眼已快到八月。深夜漫步花园小路，感触颇多。两年来断断续续回国居住一年零三个月，点点滴滴涌上心头。一幕幕、一场场，轮回交错，丝缕庞杂。想起刚回国时的喜悦，与故交的重逢，商机的寻觅，项目的选择，投资的时机与取向，纽约与故乡的差别，中西文化的冲撞与接轨，以及到今天的尘埃落定……皆是难以释怀。莫名的感伤犹如汛期泛滥的洪水，漫无边际，遍布整个心田。

去年八月，我陪同国内的朋友逛了纽约曼哈顿。首先感受到的是曼哈顿的夜景，当夜幕还未降临时，华灯已经绽放，色彩斑斓，耀眼夺目，这里的夜景堪称世界之最。整个城市的夜晚可谓美丽妖艳，就像是浓妆淡抹的现代美女，时尚炫目，神采飞扬。那些高档酒店灯火通明，里面一定有人在推杯换盏，意在不醉不休。那些写字楼的玻璃幕墙变成了巨大的显示屏，切换着不同的广告画面与标语。

白天的曼哈顿更为显赫，繁华与壮观同样堪称世界之最。高耸入云的建筑鳞次栉比，街道纵横交错，四通八达，街上车来人往，川流不息又井然有序。看不见交警指挥交通，但车、人自觉按灯行驶，汽车主动让人先行已成为习惯。时代广场人潮如流，行走中经常会不小心蹭撞，听到最多的话是"Sorry"和"Excuse me"（对不起），这些礼貌用语好像已成为人们的口头禅。大街小巷到处都有罩着黑色塑料袋的大垃圾桶，行人都自觉地将垃圾扔入桶内，没有拾破烂的人，没有乞讨的人，没有聚众闹事打架的现象。偶尔会在街头或在火车站里看到一个或几个人弹奏演唱，亚裔模样的画家在为行人画像。无论是匆匆过客还是在曼哈顿谋生的人群，无论是写字间里的高级白领还是街头艺人，大家都在按照自己的生活规律、行为准则生活着。这就是曼哈顿，让人注目、惊讶、沉思、感慨的曼哈顿。然而纽约的这一切却让我晕眩，置身其中时不时会感到有些悲哀，一个海外游子能在这座世界之都留下多少美丽的传说，又能留下多少深夜间神秘的遐思？

没有梦的城市太过呆板和现实，太多梦幻的城市则让人失去自我的真实。纽约这座世界之都，让我看不透、说不清。她太过美丽，太过繁华，同时也有太多伪装。不知在这偌大的都市里，是否有人和我一样，人到中年又从零开始，百折不挠而又愚蠢至极地完成了艰难的移民之路。

我本该为胜果而昂首，为收获而激越，为希望而憧憬……然而今

天的我竟然百无聊赖,没有丝毫的喜悦之情,无名的感伤一次次涌上心头,是激愤?是感伤?是积怨?是情困?又好像什么都不是,无法向任何人宣泄,哪怕是挚友和知己。究竟伤从何来?感自何发?缘何如此心境呢?困惑难当!

出国前的诸多往事,跌爬滚打的二十个春秋;出国后的奋斗历程,纽约十年的日日夜夜;回国后的物是人非、斗转星移,无一不刻骨般地包围着我,一时间全都涌上心头。多少个春去秋来,好像都无法带走心中的悲情,漫漫长夜,伤感绵绵。所谓"天长地久有时尽,此恨绵绵无绝期"也不过如此而已吧?

细细想来,生命只有走到极致,才能把美好演绎给世人。然而,荣光背后通常是无尽的苍凉,盛果期的临近也意味着辉煌的又一次凋落。生命以开始和结束的姿态不断地转换,季节似乎成了导致轮回的罪魁祸首。也许心就是这样从柔软逐渐变得坚硬而冰冷,犹如频频攥紧又松开的拳头,褶皱密布。正像一位哲人所说:"岁月旋律的痕迹不在面容,而在于心头这满布的纹理。"如此说来,我好像没有了别的选择,只能沉默。生命中掺杂了太多的苦辣酸甜,背负了太多的责任、太多的渴求、太多的梦想、太多的执着……就像用疲惫的身心穿越这没有灵魂的空洞城市,天还是那个天,地还是那个地,生活依旧五彩缤纷,可你却永远无法主宰人生的轮盘。拥有不全是运气,放弃却是必然,因为生命毕竟有限,能实现生命极致和真心所愿的人少之又少。你只能尽人事听天命,学会接纳生命中的失去与放弃,以此来弥补你难以释怀的心灵。

感悟至此,顿觉释然许多,于是在深夜的小路上居然高声大呼:啊!我亲爱的人哟,可知我的泪,洒满了夜色晨晖,人间天上,还有那冷落伤感的记忆!今宵酒醒何处?杨柳岸,晓风残月。此去经年……便纵有千种风情,更与何人说?

2015 年
25
7 月大

有朋自远方来

中午,青云林海优年小镇的餐厅包间,十几个来自不同地方的朋友相聚一堂。蔬菜都是自己种的,一点儿化肥也没用过。各种农家小菜,全部是有机食品。寒暄、斟酒、开喝,个个来势凶猛,一会儿工夫,一件泸州老窖已被消灭得一干二净。兴奋之余,仍有意犹未尽的感觉,随即又打开红酒,像喝水一样,你来我往又收拾了几瓶。满满的一桌菜,没吃几口就结束了。尽管觉得可惜,可酒喝多之后,谁也不会再有心情吃菜。我是东道主,自然少喝不了,估计有七八两吧,撑着送走客人后,就醉得一塌糊涂了。最要命的是,我从来不会吐酒,白酒红酒掺兑着在肚里发生反应,头是晕的,五脏六腑是翻腾的,那种醉酒的感觉根本就没有办法形容出来,两个字:"难受!"各种欲罢不能的感觉集中在大脑皮层,哭笑不得,凡是醉过酒的人大概都能知道是什么感受。

尽管醉到这种地步,但心里一直记着一件事情:从小一起长大的学弟,从广东回来,约了几个孩提时代的朋友,要来青云林海看望我。

两个小时后,朋友一行六人到达青云林海,我突然从沙发上起来,像立马清醒了似的。等他们看完项目,我已经全然清醒。我们一边喝茶聊天,一边交流对项目的感受。他们都很吃惊,说:怎么会有这么好的环境? 又有这么好的房子? 几个人商量,今年年底一定要在这里买套房子,等叶落归根时来这里共度余生。在广东工作的这位兄弟说:"我看过太多的楼盘,都没有像今天这么震惊过,太喜欢这个小镇了!"听到这话,我好像更清醒了,因为这是对我心血的肯定。

晚六点,驱车回新乡聚餐,又是一番猛喝,胃好像已经麻木,几两酒下肚竟没有像午饭后那么难受。回到家里,泡一杯绿茶,坐在桌前,整理自己的思绪。似乎现在的我只想让宁静包裹住自己的心,一天的喜怒哀乐独自回味,浅浅地微笑着,静静地沉淀着,让所有的情愫寄托在茶香中。一杯清茶后,打开手机酷狗音乐,将自己喜欢的曲子循环播放。淡淡的幽香,袅袅的清音,相互交融,牵动了所有的感官,激活了心中简单的愉悦,让自己享受久违了的温馨与宁静。岁月在不停地流逝,生命中发生的许多故事,无论再激烈、再宏伟、再波涛起伏,到头来都会一笑而过、渐渐淡忘。对着镜子,看看自己傻乎乎的笑靥和逐渐苍老的面容,问自己:"为何会强迫自己喝那么多酒?"

「发」财

上午在理发店理发,师傅说我白发很多,问我是否染发。我说今后不想染了,是啥样就是啥样了,染黑了也不代表我的头发真就变黑了,再说染发对头皮健康非常不好。师傅遵照我的意思只是简单地理了理。可这时候碰到一位老相识,年龄和我一般大,他插话说:"你应该染。人不能光为自己活着,满头白发是对别人的不尊重。"为这一问题,我和他辩论了好一会儿。但他仍认为:"你的状态不光是让别人看,也给自己看,每天都觉得自己已经是个老头了,你还会有啥梦想和创新?人活一口气,装也得装得年轻点儿!"我辩不过他,就转移话题,问他为何跑这么远理发,我知道他家离这儿很远。他说这儿的理发师傅手艺好,已跟他很多年了,师傅把店开在哪儿他就跟到哪儿,是最忠诚的客户。我又问他:"你这几年生意做得很火,是不是与你的发型有关?"他哈哈大笑:"你说得太对了,我没啥文化,也没啥头脑,生意能做成现在这样,还真与发型有关!"我表示大惑不解,他异常严肃地对我说:"这可是个秘密,发型漂亮增加我的自信是其一;弥补我相学上的缺陷是其二;固定形象取得别人的信任是第三;跪在菩萨面前显得虔诚是第四;尊重父母给我生命这份厚重的礼物是第五。最关键的是一个算命大师告诉我:求财就是求发,生意好就得发型好。发,长在头上,就是智慧的翅膀与领空,发型好就能发大财!"这都是些什么道理呀,我听后愕然良久,再没有说什么。

离开理发店,驱车到市区一苹果手机店。这里门庭冷落,偌大一专卖店竟没有一个顾客。我让店员教我一下 iCloud(云服务)怎么用,他给我讲了半天也没说清个所以然。我下意识地看了一下小伙子的发型,那真是个脏乱差,而且形状特别奇怪,又巡视了其他几个店员,发型风格都很怪异。我寻思着,生意这么冷落,原来是因发型不整?出门后我仍在疑惑,难道这情况真如老友说的那样吗?

2015 年
27
7 月大

白发浪潮冲击波

我们赖以生存的地球,正被一种新的浪潮冲刷着,名叫"白发浪潮冲击波"。随着科技的进步,人类的寿命逐渐延长,老人的比例越来越大,世界在变老。如今,很多国家已经进入老龄化社会,这既是人类历史的进步,更是时代对人类的严峻考验。在中国,这个情况会更为严重。《世界时报》说:未来一百年,在影响人类发展的十大课题中,养老问题排在第一位。

新中国成立以后,我们经历了土地改革、三反五反、"大跃进"、"文化大革命"等,没有足够的时间建立科学而完善的社会养老保障体系。紧接着又出现了"四二一"家庭结构等问题,一对小夫妻要奉养四五位老人。如果四世同堂的话,同时赡养八位老人的局面都可能出现。倘若政府没有足够的财力来解决这一问题,那么民间资本注入养老产业将会成为必然。

青云林海优年小镇的"金秋太阳城",正是为解决这一问题应运而生的。它融西方国家先进模式与中国传统文化于一体,集全方位、立体化的日常起居、生活照料、医疗护理、康复保健、精神慰藉于一体。高端起步、中西兼容、科学管理、品质卓越,是一座既有欧美风情,又具中国时尚元素,深受社会各界青睐的高端养老机构。项目地处黄河故道,新乡市区东23公里处,新长大道南侧国家森林公园,占地867亩,建筑面积35万余平方米。此地属于自然生态保护区,负离子悠然环绕,生态环境得天独厚,堪称独一无二的宜居宝地,是北方著名的天然氧吧和享誉中原的世外桃源。

鸟瞰整个乐园,数万亩森林紧密相拥,200余万棵古槐依依环抱。养老建筑气势恢宏,居家别墅玲珑妖娆;奇花异草争芳斗妍,名贵树种各具情调;楼台亭榭风格迥异,道路林廊穿插成网;温泉洗浴水波荡漾,蓝天白云萦绕缥缈;草坪水系灵动逶迤,景观雕塑细致精妙;背景音乐轻曼悠扬,溪流淙淙叮咚作响;清晨聆听呢喃鸟语,傍晚品闻沁心花香;登丘观望迷离朝霞,爬岗欣赏如火夕阳。十步一景,百步成画,处处让人流连忘返,如痴如醉,犹有误入仙境宫阙之感,真可谓可以托付后半生的宜居圣地!

可穷惯了的父老乡亲,谁又能想得通来体验这种相对奢侈的生活呢?尽管世人皆知人生苦短,短暂得甚至抵不过遗落在风尘中的一截断墙残垣——它可以静静地在那里欣赏春夏秋冬,感受世纪的轮回,品嚼岁月的永恒。而人呢,不过百年而已!所以,亲们,千万别对自己太过吝啬,该来青云林海瞧一瞧了,这里才是人生的乐园,这里才能让你的生命更加精彩与灿烂!

2015 年
28
7 月大

酒逢千杯知己少

　　参加朋友的婚礼,多少得随个份子。我提前包了红包,到大堂后准备交给记账的,可扫了一眼账册名字后面的金额,都是一百两百,最大的也只是五百。便觉得我红包里的金额有点大,不好意思拿出手。我迟疑了一下,挪几步坐到对面的沙发上,静观来客出手。大约两支烟的工夫,来客皆抠抠搜搜,没一个人显出点儿豪气来。我心里清楚,这并不代表他们与事主的交情比我浅,也许是大气候的原因,也许是故作矜持,担任一官半职者有所顾忌也算正常。为了避嫌,我把红包直接交给了当事人。之后便进包间,与来客打招呼,反正都是事主的朋友,一顿饭下来也算朋友了。

　　酒宴开始,一桌十来个人都显得很含蓄。我旁边的那位戴副眼镜,长相敦厚,带有两分憨劲儿,可言辞不凡,几杯酒下肚便讲起了稀罕的段子。幽默中带有嘲讽,犀利中含有真诚,迅速拉近了吃客间的

52

距离。不一会儿,餐桌的气氛活跃起来,话题都与饮酒有关,好像每个人都能讲出一个诱人的笑话,令我大开眼界。对面那位是个女记者,很年轻,讲了几句让我寻思良久的话:"文人饮酒是酒逢知己千杯少,而政客饮酒是酒逢千杯知己少。文人风花雪月,无所谓利益纷争。政客在酒桌上必须尊卑有序,言而有度,往往不敢畅所欲言。纵是千杯下肚也难成知己,只是某种利益使然。这样的知己总是掺杂了某些因素,尽管我们不能怀疑彼此的真诚,可总是有些耐人寻味……"

散场后,回家路上我在想:在历经生活的磨难和岁月的沧桑后,人会变得更加成熟和坚强。犹如一池凝烟含碧的秋水,会随风荡漾,但已经懂得了在波浪中隐藏;犹如架在梦幻和现实之间的桥梁,不因为别人的品评而放弃自己的方向;犹如山间小溪能辨别自己的流向,既有火的热情,也有水的温柔。也许,这就是中年男人的魅力吧。

2015 年
29
7 月大

欲望与把控

　　记得那是 1990 年盛夏的一个夜晚,在河南师范大学的露天交际舞广场,我结识了三个哥们儿,一不留神后来竟成为可以过命的好兄弟,比拜把子还亲。如今,老大已年近六十,前段时间突然发现患了胰腺癌,且已是晚期。兄弟们虽为他心痛万分,却也无能为力,我一想到这儿就不禁泪流满面。兄弟们都专程来新乡看他,他状态倒还不错,心态也行:"癌症就是绝症,治疗无用! 能延长生命也好,不能延长也罢,我都不在乎,一切都是命! 当初我如果听兄弟们的劝说,选择继续在学校教书,一定不会是这个结果。可惜世上没如果呀!"

　　兄弟们为他痛心与惋惜。好端端的教授,轻松自在,教书育人,桃李满天下。多好的事不干,非要跳槽当什么破官员。托关系走门子,过五关斩六将地考试、考核,终于当上了某市的副市长。又偏偏主管招商,天天日理万机,胡吃海喝,五脏六腑时常被酒精浸泡着。上下班不论点,生活不规律,又严重缺乏睡眠,压力还大,身体日渐亏空,很快便垮了下来。老大原本就不是当官的料儿,完全可以当一名很杰出的教师,可他非要实现错位的梦想,只能活受罪。如果他继续教书,起码不至于这么快糟蹋完自己的身体。当初几个哥们儿都不支持他的选择,可他愣是不听劝说,现在终于给自己判了刑,后悔还来得及吗? 欲望惹的祸呀!

欲望呀欲望! 你既是生命开启与滋长的原动力,也是致使生命走向灭亡的罪恶祸根。一生说长不长,说短不短,但欲望与选择将伴随始终,欲望让无数人在选择"鱼"的同时,仍然惦记着"熊掌"的好。这山看着那山高,在选择、权衡过程中焦虑和苦恼,甚至遭遇羁绊和灾难。依我看,在把控欲望的前提下,选择适合自己的就是最好的。人只有两只手、一张嘴,能逮住的东西、能吃进嘴里的美味只有那么多。"弱水三千,只取一瓢",没必要为了欲望选择冒险。再说,人的精力极其有限,世界上没有真正的全能冠军。纵观历代王侯将相,古今中外志士豪杰,谁是完人? 谁又没有缺项? 只有懂得控制欲望,舍得放弃,才能术业有专攻。应该说,适度把控欲望的选择,才是睿智的选择,而学会放弃本身就是一种理智的拥有。

我谨在此,默默地为老大祈祷,静盼奇迹出现,祝愿他能早日康复!

生命进行曲

人生无常，无论你怎样渴望稳定的生活，命运都不会轻易与你妥协，通常会把你折腾得死去活来。在多舛的命运面前，我们既不能悲观失望，更不能怨天尤人，只能凭借自己对梦想的坚强信念，去热爱生命、坚守信仰，紧扣人生目标，勇敢追寻，笑接逆境的挑战！海明威有一句名言："你可以把我毁灭，但永远不能把我打垮！"记得张锿在《生命进行曲》中写过这样的诗句：

从冰雪严寒中走来，
才知道春天的温馨；
在黑暗里等待久了，
才懂得什么叫做光明；
经历过撕心裂肺的痛苦，

才理解幸福的真正涵义;

白发萧疏的老人,

更留连、留连失去的青春……

每一个有志向有理想的朋友,请永远热爱生命,珍惜生命,持续焕发生命赋予我们的活力吧!

2015 年
31
7 月大

静
夜
思

　　也许是年龄大了,我觉得现实的世界很嘈杂烦闹、琐碎凌乱,很多事情让你无法下手。而每晚在文字的时光里潜行时,就会感觉这个世界与喧嚣无关,可以静谧地思考一切,但有时又会与寂寞有染。不过相比之下,我还是更喜欢夜的韵味。久而久之,习惯了在寂静的黑夜里和文字充盈的世界里徜徉,心变得越发敏感和纤细,轻柔的叹息,吟唱着优柔的情怀,将泪穿成唯美的诗行,孤独地舞出绝美。

　　不敢想象,失去了文字的世界于我会是怎样,一定如枯木死灰或万丈冰窟,让我陷入无路可走的绝望。但我又必须具备绝境重生的本领! 而真正的绝处逢生谈何容易? 古往今来,少之又少。但我必须坚信,奇迹会出现在面前! 只有坚强的信念,才经得起岁月年轮的考验,留得住永远的传奇。任风雪来袭,沧海桑田,一切还会是最初的模样,纯粹而美好。无论这一生经过多少阻隔,也要让信念奔向那温暖的心田。任世事变迁,岁月流转,不曾褪去温暖的颜色,绝对而隽永!面对困难与挑战,必须坚定,竭尽全力,莫失莫忘。

2015 年
1
8 月大

『要命』的酒文化

今天中午，十几年没见面的老朋友约吃饭，我按时赴约。见面后，大家拥抱、寒暄、问长问短、关心备至……那个亲呀！亲得热烈、亲得真诚，感觉以前好像没这么亲切过。

几杯酒下肚后，气氛更是热烈。一哥们儿为了表示对我的尊敬，起身给我敬酒："哥，兄弟服你，真诚地给你敬一杯。哥叫弟死弟不死，不死也会死！"躲不过，我只能喝。又一兄弟说辞更牛："你是我亲哥。哥叫弟干啥弟就干啥，哥叫弟脸朝东，弟腿肚朝西！"我很感动，不好意思不喝。

紧接着又来一位，年龄比我大，我赶忙站起来。他却说："别站，屁股一抬，喝了重来！"旁边一位小兄弟看我喝得太猛，表示同情："屁股一动，表示尊重！"我惊讶地叫出声来，并拍手鼓掌。可这时候，一女士更有格调："激动的心，颤抖的手，我给哥哥敬杯酒，哥不喝是嫌妹丑！"

我的天呀,能不喝吗？紧接着,她要再敬我一杯:"男人不喝酒,枉在世上走！敬酒不喝双,那叫沍水缸!"我实在扛不住,端着茶水回道:"只要情谊有,茶水也当酒!"她立马回敬一串:"酒是粮食精,越喝越年轻！宁可胃上烂个洞,不让感情裂个缝!"我晕！喝！

干了一通白酒后,我大声地叫嚷着不胜酒力,要换啤酒。又一个劝者上来说:"能喝白酒喝啤酒,这样的朋友要撵走。能喝啤酒喝饮料,这样的朋友俺不要!"哇噻,太可怕了！我只好端起白酒,硬倒进肚里！此时的我,脸红脖子粗,本来古铜色的脸已成酱紫色,可旁边的那位仍说:"哥,喝吧！只要两袖清风,何惧一肚酒精!"碍于情面,无法说不,只能再喝！再后来,就喝断片儿了。

晚六点醒来,睡在自家床上,可怎么也记不起是怎样回的家。这叫什么事呀,不能喝酒,为什么要强撑着喝？没有人硬把酒倒你嘴里。可在当时那种情况下,还真就没法拒绝别人的真诚。尽管那些真诚经不住考验,但你也没法当场使性子,除非你拒绝和他们来往,愿意成为孤家寡人。我禁不住感叹:中国酒文化数河南,河南酒文化数新乡,太牛了,尤其是那些东一榔头西一棒槌的劝酒说辞。

2015 年
2
8 月大

我对生死的态度

科学发展到今天,我们依然无法参透天体的奥妙。尽管系统论、控制论和信息论能解释一些有关地球的谜题,但与人类的欲望相比仍相差甚远。世间万物有生就有死是已经肯定的了,而且一切都是随机的,毫无规律可循。即便科学发展到现在,也无法解释"世事无常"。你用最科学、最严谨的方法来推算,也无法表述生命的含义。一想到这些,我心就不安,随着年龄的逐渐增长,这种感觉越来越强烈,但这绝不是怕死。莎士比亚说过"死即睡眠",死亡不过如此,倘若一死真能了结人的心灵之苦和躯体之患,那它倒是一个可以期盼的结果。我对生死的态度是从不指望长生不老,却要求死而无憾。

前些日子我做了一个全面身体检查,个别指标已处在临界,危险在即。我仔细问过医生,取得了比较满意的答案:都是吃惹的祸。医生说有钱难买老来瘦,我的身体危机绝对是太胖导致的。可我该怎样调整呢？让自己少肉多素，适当减量，细嚼慢咽。减肥，可不是一件容易的事！

正午时分，我走在喧哗的大街上，穿行于闹市的人群中，空气中弥漫着陌生、潮湿而又浑浊的气息。我的心情如同这变幻无常的天气，时而阴霾沉郁，时而骄阳似火。我骤然间竟记起老家那棵苍老的柿树，大片大片的黄叶不住地凋落。那年八月它旱死了，以后的春天我曾多次留意，它再没发芽，没经得住干旱的考验而终止了生命。朗朗八月，生命还在恣意疯长，秋的硕果挂满枝头，百年的老柿树竟如此脆弱。曾伴我度过金色童年的老柿树给我留下了永恒的记忆。

三十年过去了，我依旧对此事耿耿于怀。我又联想起了高铁追尾、中东战争、日本核泄，还有美国巨额债券兑付的临近——不知又会有多少生命因此而终止。

我乘电梯到了商场的顶楼，却忘了要买什么，自觉没趣，就坐在咖啡吧，随便要了杯洋名儿的咖啡，孤独遐想。在这个焦躁异常的夏天，我过得平静吗？无爱无恨吗？无风无雨吗？尽管经常将自己关在阴沉的书房里，足不出户，尽力将心冰封，努力忘掉激情洋溢的词语，想方设法为自己创造享受孤独的氛围，可感伤的八月在劫难逃，悄然间，就会秋盛夏逝，白昼渐短，夜渐延长。是谁写下了"秋风扫落叶"的诗句，为秋定下了如此悲切的基调？

咖啡厅的大屏幕播出了新闻：避险货币瑞郎兑美元和欧元再创新高，后市可能进一步走强，投资人担心全球经济成长迟滞以及欧美的债务负担。尽管美国国会通过了削减财赤方案，避免了美国债务违约，但美国 AAA 信贷评级可能遭下调的担忧仍在持续。而对欧、美的债务忧虑这两大最严重的风暴也给市场带来了许多波动——惊心动魄的货币战争会发生在硝烟四起的八月？

驱车走到家门口，刚好碰上 93 岁高龄的老父亲，他满头是汗，气

喘吁吁地对我说:"刚在小区走了八圈,比昨天又增加了一圈,感觉比以前好多了,我必须天天坚持锻炼,才能少生病和不生病!"父亲那种执着的刚毅显示出强大的生命力。我愕然许久,对老柿树的感伤和怀念瞬间荡然无存,父亲的话语在继续:"凡事都要坚持,不设个目标和志向,你咋会有奔头!"我附到父亲耳边扯着大嗓门说:"知道了!"于是我回到书房重温了下面的诗句:

天已将午,
我欲鹏程万里展宏图。
任凭道路崎岖千万险阻,
文降龙武伏虎。

2015 年
3
8 月大

品格

正像华为老板任正非所说:正能量的人生快速成长法则仅用六个字即可概括:品格、创造、视野。品格即德行,是人才最重要、最基础的骨架;创造即灵性,是人才的天赋与智慧;视野即襟抱,是后天客观条件对人才的影响与启发。能做出非凡业绩的杰出人才,三者缺一不可。

没有过关的做人品格,后两者越出众可能会越麻烦,会与人类的正能量相悖,甚至格格不入。如果只有品格而没有创造的灵性与开阔的视野,也很难成就伟业,因为创造与视野交替更迭的螺旋式上升才是推动人类前进的原动力!

2015 年
5
8 月大

回忆与遐想

在辉县关山的竹林田园,我与新乡的几个朋友小聚。

孩提时代的发小接待我们,他扮演了整个餐桌的主角,讲得一口标准的辉县话,极其幽默与风趣,弄得朋友们哄堂大笑!同时也勾起了很多小时候的回忆与遐想:生命是优美的,但有时也是丑陋的,犹如一曲写满生机而又透着荒凉的挽歌,总是悠然飘拂着漫过整个心际。让悲切蔚然成冰,让喜悦稍纵即逝,让忧伤雪上加霜,让追求悄然止步……我却依旧把她当作最美的音符,到头来却一饮即醉,不知付出了多少努力,也不知耗去了多少心血,用全部热情解读的竟然是醉意中的忧伤。徘徊的脚步踩碎了梦想,摧毁了本来可以成就大业的构想,捣塌了原本强悍勃发的希望与信仰……也许这人间只有朦胧才是真,天泪有声,烛泪有形,唯斯人面上簌簌淌下的是无声无形的泪水……思绪中天崩地裂,悲切无比,也许这只是童年金子般的梦想!

2015 年
10
8 月大

『锅巴瘾』风景独好

记得马克思说过："真诚的、十分理智的友谊是人生的无价之宝。你能否对你的朋友守信不渝，永远做一个无愧于他的人，这就是对你的灵魂、性格、心理以至于道德的最好的考验。"

晚上，五个在愤青岁月就已结下深厚友情的老朋友相约在"锅巴瘾"火锅店，不喝酒、不说事，纯粹聊天、吃饭、叙友情。

"马屁精"是我们中间最活泼的一个，情商极高，因善于赞赏别人而得此绰号，后来我们简称她"小马"。

"小白"是我们中间长得最白的一位，婀娜秀美，典型的女中豪杰。她在政界可谓叱咤风云，游走于错综复杂的人际关系中，拥有非常广阔的人脉关系。

"小黑"学历最高，能力很强，做人正直，含蓄中带有幽默，内心世界丰富多彩，秘密颇多，总是含而不露，把很多精彩的故事深深地埋在心底,所以绰号叫"小黑"。她其实长得一点儿也不黑,可谓美丽又大方。

还有一位叫"冬哥",此人身材超好,五官标致,是典型的帅哥。他做事兢兢业业,一丝不苟,是女人百读不厌的好男人。

唯独我,这么多年一直没资格获取绰号,由于近期在微信公众平台耕耘"金哥日记",才得"金哥"之美称。

我们五个,是在 20 世纪 80 年代相识的。记得那时候大家都刚参加工作,收入颇低,经常一起吃地摊儿:米皮、烤串、炒冰。时常一起谈人生、谈理想,隔三岔五小聚一番。还经常去门票非常便宜的大舞场跳舞,唱着那个年代流行的歌曲,骑着自行车郊游,制造过很多难忘的美丽故事。可谓快乐滔滔如江水,现在回忆起来依旧觉得"杠杠的"。后来,各自都成了工作岗位上的骨干,也都担任了比较重要的职位,事情越来越多。虽然还保持着联系,但聚会的机会少了很多,不过友情不但没有减弱,反而更牢固了。"马屁精"依然口若悬河,段子连篇,把我们逗得东西都吃不到嘴里,笑到岔气。

人这一辈子,朋友之间的友谊是不可或缺的。想想看,有多少笑声都是友谊唤起的,有多少眼泪都是友谊揩干的,友谊的港湾温情脉脉,友谊的清风灌满征帆,友谊不是感情的投资,更不需要股息和分红。她是一种相契,一种心灵的感应,一种心照不宣的感悟。朋友之间的每个字每个词每句话都能让你感觉到温柔、惬意、畅快、美好!生命中有了友谊,就不会感到孤独,日子就会变得丰富多彩。友谊是梦想的编辑,她在人生中绽放亮丽,释放迷人。岁月会帮你记录下友情的积淀,越来越深厚,越来越珍贵。

如果说生活是大海,友谊就是联系你、我、他的航船,从惊涛骇浪中驶来,到达宁静的港湾。我喜欢友情,忠实于友情,她才是生命中最值得珍惜的上等钻石。今晚,"锅巴瘾"火锅店风景独好!

2015 年
11
8 月大

爱即生命

今天上午在去青云林海的路上，我接到了两通电话。同乡的两个高中同学，各自的父亲同一天去世。二话没说，我立马掉头赶往老家。

在我的记忆中，这两位老人曾是那样的身强力壮，其中享年 92 岁的那位，是我小时候非常崇拜的一位英雄人物。他在战争年代身挂双枪闯天下，方圆百里都知道他的名字，与我家还沾亲带故。小时候我总去他家与他儿子玩耍，总能听到他讲从前那神乎其神的故事。他也曾豪气冲天，自信人生两百年。昨天早上吃饭还很正常，可没多大工夫，人就没了。

另一位老先生，一生勤勤恳恳，老实巴交的，省吃俭用培养出了三个大学生。他一生不抽烟、不喝酒，却患了严重的肺病。儿女们把啥法子都用了，依旧没能延长他的生命。

一上午参加了两家的白事，心里自然沉重，有一种说不出来的感悟。真是盛年不重来,一日难再晨呀,生命竟是如此脆弱!人的一生不过百年而已,太短暂了,突然让我想起了张英的那封家书:"千里修书只为墙,让他三尺又何妨。万里长城今犹在,不见当年秦始皇!"我们必须学会珍惜生命,生命是宝贵的、美丽的,也是唯一的,稍不留神说没就没了。

开车回来的路上,我在想生命到底是什么,是活着的肉体,还是洁白的云朵?是风里的承诺,还是清澈的泉水?是雨中的玫瑰,还是冥冥之中的灵魂?实在找不出一个准确的定义。依我看,生命就是爱,就是你从出生到死亡这一过程中,对你的家人、你的朋友、你所交往过的人和周边的环境乃至你所遇到过的所有生命,给予的善意和爱意。人,既要爱自己的生命,也要爱他人的生命,尽量不做伤害他人的事情。只有这样,世界才会充满爱,生命才会显示出本有的灿烂与价值,才有可能以生命独有的美浸润生活的点点滴滴……

2015 年
12
8 月大

真是鸡飞蛋打吗？

茫茫世界，神秘宇宙，空间到底有多大，截至目前，恐怕谁也无法说得清楚。人作为地球上的生命，到底演变了多久，还能演变多久，谁又能说得清楚。与宇宙洪荒相比，人显得极其渺小，小得犹如大海里的一滴水，区别是人有意识、有思维、有欲望、有梦想……你生活在深山里一辈子不出来，与你走遍全世界或者乘坐美国宇航局的宇宙飞船遨游过太空，能有什么区别？想到这些就会觉得心里空空的，只想回家，只想回到母亲的怀抱。

近年来，关于海归的议题一直困扰着来美国多年的同胞。千头万绪，说不清、道不明、剪不断、理还乱……

我认识的这位朋友可以说是这方面极端的例子。一次电话中，他这个四十好几的人竟然痛哭流涕："早知道这样，打死我当初也不出国。"他们夫妻在国内都是医生，一个内科，一个外科，毕业于北京首屈一指的医学院并留在了同一所附属医院当医生。说实话，这在当时是令很多人羡慕的。他们工作了十多年，一直晋升到了副主任医师，工作上可以说是得心应手、驾轻就熟。可是每当静下心来，又有一丝失落感和莫名其妙的惆怅：自己的同学们现在都在国外，拿博士的拿博士，做教授的做教授，当医生的当医生，多么自在！而我们能力不比人差，英语不比人赖，为什么要守在这里？如此想得多了，在国内的所有成就和舒适都被他们视为粪土，于是就动了出国的念头。

说来也是命中注定，就在他们有了这个念头不久，因为工作上的事丈夫与主任发生了一些龃龉，因而就更加坚定了出国的信念。这时候，他们想象中的国外简直就是天堂，认为不会有国内这么多乌七八糟的事。女方的英语基础好，很快考过了托福，并联系上了一所美国大学，读全奖博士。不久，丈夫来美陪读。

对于这样的生活变化，他们自己义无反顾，倒是别人替他们惋惜：在国内已经混到这份儿上了，再出国还有意义吗？要是短期镀金也就罢了，这样死心塌地举家来美国，你们会后悔的。但他们没管这些，把国内所有的关系都断了，不给自己任何理由和借口回国，大有破釜沉舟的决心。丈夫没有正经工作，就到处打工，后来不得不改行学电脑。还算不错，找到一份合同工，这样又过了几年。

平静的学生生活随着毕业而被打乱，他们开始面临签证问题。这时有两种选择：一是在美国拼，道路会很漫长；二是知难而退，走相对容易的加拿大绿卡之路。他们选择了第二条路，夫妻俩都在加拿大找到了工作，男的还是做电脑，女的做博士后。几年下来，生活过得还不错，并且入了加拿大国籍。

更可喜的是他们又有了一个女儿，一儿一女，称心如意。妻子在这几年忙里偷闲，考下了医生执照。她干劲十足，来到美国做了内科住院医师。就这样，他们都快奔五十的人了，又一次举家南迁来到了美国。

不幸的是,男方的父亲此时患了癌症,由于国内没有其他得力的亲属主事,病情被耽误了。等发现时已是晚期,他后悔不已。他赶忙飞回国内,本想找原来的老关系走一些后门,可不承想,十多年没见,国内的一切都大不一样了,连同学、同事也打起了官腔,一切都要钱来做润滑剂。自己在他们面前像个乞丐,自尊心大大受损。

父亲在痛苦中去世,他在忏悔中回到了美国。

他的妻子住院医师即将毕业,他有了车子、房子,钱也快有了,可偏偏国内八十高龄的老母亲又瘫痪了。自己没有办法侍奉在侧,只有求亲戚朋友帮忙,好话说了无数,电话那头还是只认钱不认人。也不能怪人家,这样一个瘫痪老人找谁伺候都不容易,可偏偏自己又不可能长期在国内,真是愁煞人也!

想当年,他在国内的某个圈子里已能呼风唤雨,要是不出国,现在不也和那些同事、同学一样,吃香的、喝辣的、玩花的?怎能沦落到如此地步?十几年的辛苦,在这边所得到的,国内的朋友们差不多都有了,而人家所拥有的自己却一点边儿都沾不上,连生身父母都没法照顾,出国有什么用?

他真是后悔了,这些年这么多苦吃了也就吃了,至少自己活得还算充实,可对于远在大洋彼岸父母的无助感,让他深深地痛恨自己,后悔当初不该出国。自由有什么用?能不受限制地上网有什么用?双亲需要的是实实在在的生活照顾,而自己却无法给予。他痛哭流涕地对我说:"如果当初知道中国会发展成这样,打死我也不出国!这一趟真是鸡飞蛋打呀!"

朋友,您说呢?

73

2015 年
13
8 月大

高人水聚

今晚十点左右,当我紧赶慢赶回到青云林海优年小镇餐厅时,等我的朋友们都已坐在餐桌旁了。我没细看都是谁,有十二三个人吧,几乎都是生命源泉培训班的同学。为了表达对迟到的歉意,我二话没说,抓起泸州老窖连干了三杯,然后给同学们依次敬酒,并对墨鱼同学的总部客人格外"照顾"一番。没过多大工夫,酒过三巡后的气氛已经到来,你敬我端,笑话连篇,好不热闹!再过一会儿,便有人唱起了京剧《三家店》,音韵婉转,感动了在座的人,微信红包奖励不断,66.66、88.88 等金额猛发了一阵,十分过瘾。又过一会儿,掀起了诗歌大朗诵的高潮,墨鱼的《悟道少林》真牛,语言相当精致,寓意也很深刻,加上文学狼人抑扬顿挫的朗诵,更让人刮目相看,与墨鱼平时的打油诗相比,简直是天壤之别。紧接着墨鱼的《风》又闪亮登场,诗不算长,但令人咋舌:"……我问风,你为何如此变幻?风说,我没变,是你的多心造就了你的忧愁!"我主动喝了一个满杯,表示赞赏。

光听他们的诗感觉不过瘾,我立马跑到阅览室拿了一本自己十五年前写的书《与风月无关》,拜托文学狼人把我写的自序诗朗诵给大家听。不知是我的诗写得好,还是文学狼人的朗诵技巧高超,瞬间把我带到了十五年前的情景中,我差点儿感动得流出眼泪。我连续发问:"这是我写的诗吗?太牛了:蓝月亮的忧伤呀,与风月无关!"可惜我还没学会发红包,摆弄了半天手机,分文未发出去,太笨了,难怪朋友们怪我吝啬。

散场后,我意犹未尽,便到书画室挥毫泼墨,我在文学狼人的画上加了"高人水聚"几个字。同学们问我何意,我用麦一柱老师的话说:"高人题字,莫问何意!"这八个字镇住了在场的所有人,为今晚青云林海优年小镇的同学聚会画上了圆满的句号。

2015 年
14
8 月大

烧香礼佛

今天是周五,阴历七月初一。我早晨在家里佛龛上完香后,又赶到青云林海养心堂上香,上香时心里默念:"诸恶莫作,众善奉行。"

有位一早就在公司等我的朋友也随我上了三炷香,出门便问我:"你皈依佛门了吗?上香到底是啥意思?总是人家上我就上,到现在也不知啥含义。"我笑笑没有作答,示意他随我到办公室去,坐定后我认真地对他说:"我不是佛家弟子,没有皈依。但我崇尚普度众生、行善积德的精神,所以我经常烧香。烧香,其寓意是把自己燃成灰烬,表示一种无私奉献的精神境界,即佛门所说的布施。从这一点可以得到一种启示:要想求财求福,先要舍财种福。布施是因,得财是果。舍是因,得是果,舍得不二。所以,一个人的福报是自己修来的,不是佛施舍给你的。佛门常讲:'命由己造,福由自求。'"朋友似懂非懂地问我:"烧大香就能发大财吗?"我摇摇头,不知如何回他:这才是纯粹的"以凡夫之心,度诸佛之腹"。大彻大悟、大慈大悲的诸佛菩萨,怎会像凡夫众生一样,去在意你大香小香而分别赐福呢? 简直是开国际玩笑。

其实烧香礼佛,关键在于心底清净如洗,彻底清查自私自利的念头。果能一尘不染,就有可能获福无边。若要许愿,当放弃自私自利、损人利己的念头,许利众生之大心愿,才能功德无量。如果你上香全为自私自利或伤害别人而许愿,那是纯粹白费功夫,弄不好还会被佛祖怪罪,不可不可!

朋友躬身点头:"那上三炷香是啥意思?"我接着讲给他听:"三炷香表示'戒、定、慧'三无漏学,也表示供养佛、法、僧常住三宝,是最圆满且文明的烧香方式。上香不在多少,贵在心诚。第一支香插在中间,心中默念:供养佛,觉而不迷。第二支香插在右边,心中默念:供养法,正而不邪。第三支香插在左边,心中默念:供养僧侣,净而不染。上完香后,应对着佛像肃立合掌,恭敬礼佛。如果你觉得烧香太麻烦,完全可以烧心香。啥是心香呢? 修戒、定、慧,断贪、嗔、痴,是为心香。也就是说,只要你心中常念佛法,诸恶莫作,众善奉行,你就烧好了心香!"

朋友听后连连躬身作揖,又回到养心堂,重新静心上香,虔诚的样子十分可爱!

2015 年
15
8 月大

参观

今天上午，青云林海优年小镇的路边插满了旗子，院里摆放着硕大的签到牌，充气拱门赫然矗立，工作人员列队欢迎来自全市的德馨创业论坛的朋友们。3 号楼多功能厅里播放着旋律优美的音乐，活动的组织者工商联副主席李翠英早早到达现场。

九点十分，主持人郑华童先生向大家介绍河南著名财经人物——丹旭商贸公司董事长王丹丹，请她主讲"未来农业大发展和新三板的机会"。王丹丹女士原来是土生土长的东北三江人，从她的讲课中就能清晰感受到东北人那豪放、豁达甚至带点儿粗犷的性格。她毫不吝教，倒出大把"干货"，很接地气，语言风趣幽默。台下八九十家民营企业的老板听得非常认真，课堂秩序超好，除了时不时响起掌声外，几乎没有一点儿杂音。

课程结束后，青云林海营销老总就青云林海项目投资、产品设计、规划及医院、养老设施、花园洋房、英伦别墅等作了介绍。然后分为若干小组,由营销人员带领民企老板们,认真品鉴设施高端又齐全的养老公寓。房间设施设备应有尽有,拎包即可入住。又参观了英伦别墅样板房,有北美风格的装修,也有东南亚风格的装修,从176平方米到263平方米均有现房。每家每户的前庭后院绿化都十分考究,每户都装有室内电梯。雾森系统和120米深的地源空调更是引起了老板们极大的兴趣。放眼望去,万亩森林资源犹如一望无际的绿色海洋,与会的朋友们都禁不住伸出大拇指啧啧称赞!

2015 年
16
8 月大

苦而不言，喜而不语

　　也许是晨光读书会的影响，也许是自己骨子里的嗜好，这段时间总想静下心来做一些阅读。今天从老家回到市里，拒绝应酬，伏案读书，有这样两句话让我感受颇深："苦而不言，喜而不语。"短短两句话包含了深刻的人生哲理，这是一种很高的人生境界。

　　试想，如果能为人收敛，不大呼小叫，不傲慢自居，真正做到宠辱不惊，那该是何等的心态？通常人们受到伤害，就会悲苦不已，泪涕涟涟，逢人便诉，以博人同情，得到一种隐形的收益。或许一开始人们对你的抱怨和诉苦还会表示同情，为你抱不平，可时日一久，不平就会变为不屑。如果你仍旧喋喋不休地抱怨下去，别人就会觉得不可思议，不但不能博得同情，反而会招人反感甚至唾弃。如果能做到苦而不言，把累累伤痕作为生命给你的最好礼物，让伤痛沉淀为一种经历，轻轻抹去眼角的残泪，用灿烂的笑脸掩盖忧伤，也许这种刻骨铭心的痛会成为蕴藏在灵魂深处的暗夜精灵,让我们更懂得珍惜生活,珍惜身边的人。喜而不语则是一种豁达,比如朋友间的戏谑或遭人误解后的无奈,你用过多的言辞去申辩反倒会让人觉得心无静气和定力,倒不如留下一抹微笑任他人作评来得坦荡。

有时候,一个坦然的微笑能彰显巨大的效力,能让两个宿怨之人冰释前嫌,也可以让尴尬的局面瞬间得到缓解。微笑,这一简单的动作,也许能完美诠释人间最复杂的道理。喜而不语留给人们更多的是遐想空间,犹如蒙娜丽莎嘴角那抹淡淡的微笑,散发出来的魅力给人留下无数的猜想,世界会因此多一份神秘的美丽。

我们在某个深夜或某个雨后的清晨,打开已泛黄的日记,也许会发现所有的误会与不快早已随深秋的落叶消失在旧日的风中,所有的恩怨情仇与伤痛悲切早已化作一缕春风温暖着你的脸颊。唯有那喜悦而充盈的微笑还刻在岁月的年轮上,依旧显示出强大的魅力,在召唤着你的朋友和你的亲人,一笑泯恩仇!

2015 年
17
8 月大

冷漠不『冷』

昨天晚上,在望江南酒楼偶遇著名歌手冷漠,我们与酒楼老板共进晚餐。冷漠谈到想在新乡做一音乐节,地方最好是在自然景观和原生态保存完好的地方。我突发奇想,邀请他到青云林海优年小镇开办,于是便约好今天实地察看。

下午,冷漠与几个朋友一同来到青云林海,参观了医院、养老公寓、花园洋房还有联排别墅。他非常兴奋,对青云林海的产品赞赏有加,尤其是对森林中的大面积空地倍感兴奋:"这场地太棒了!"

冷漠 1983 年 1 月 16 日出生于河南省新乡县,华语流行乐坛实力派歌手,毕业于菏泽音乐学院,北京冒牌文化传播有限公司签约艺人。他怀揣着音乐梦想和自己的乐队一起走遍了中国的大江南北,还多次到国外演出,十年的磨砺与十年的坚持,成就了他对生活、对音乐、对舞台的全新理解。尽管我们年龄相差很大,但有一见如故的感觉。

没想到的是，晚上吃饭时，餐桌上突然多了一位不速之客——延津的盲人申长远。他是冷漠的挚交，曾为冷漠治疗过肩周炎。此人虽眼盲，听力与口才却非常人能比，他学艺于河南康复中心医院，后拜师针灸泰斗贺普仁先生。他不仅有一手推拿针灸的绝技，而且还有一副好歌喉，用自己的歌声和手艺敲开了幸福生活的大门。央视7套品牌栏目《乡村大世界》曾专访过他的事迹。

申在饭桌上讲起残疾人尤其是盲人的艰难时说："盲人和正常人相比，太难太难了，因为寸步难行，常人走十里，盲人走不了一里。可冷漠非常看得起我，对我特别关照，走路扶我，上楼搀我，吃饭帮我夹菜。可我对冷漠有何用？这就是冷漠，他有一颗善良的心！"他对冷漠的评价让我联想颇多：冷漠虽不是最著名的歌唱家，但也是家喻户晓的歌手之一，他的歌声令多少平民百姓情有独钟。他能平易近人，与盲人交朋友，而且乐于助人，真是难能可贵呀！

锯响就有末

上午九点，我有缘与清华大学主讲企业管理的教授会面，于是向他提了几个一直困扰我的问题。两杯咖啡后，他打开了话匣子，讲得有声有色，头头是道：当今企业的竞争，除了金融能力外，就是团队的竞争。团队好，凝聚力强，一切都能变得欣欣向荣；反之，就会背道而驰。什么叫团队？一起经历风风雨雨，共同克服种种艰难险阻。在企业跌宕起伏、四面受敌、困难重重时，依然能够浴血奋战、迎难而上、创造奇迹的一群人才叫团队。眼下在企业，大部分的团队都达不到这种境界。为什么呢？员工为何不能像老板那样努力？除员工的自身素质达不到要求外，首要问题就是老板没有学会如何分钱（薪水）。团队人员可以少，但必须精，要用能力强的，有执行力的，一个顶俩的，有创意的，能兑现承诺的，可以把被裁减员工的工资分摊给他们。坚决不要用偷懒的，私心太重的，自我约束能力差的，太过内向的。一级带一级,权责利明确。只有这样才能把所有员工都变成一个立场,从员工替老板干变为给自己干。每个员工都要有自己明确的目标、坚强的信念、详尽的计划和淡定的心态。

什么叫目标?目标就是朝思暮想,一想起来就热血沸腾。

什么叫坚强的信念?在工作中经历过冷嘲热讽、人情淡漠、孤独危险、严重批评,几乎到了绝望的境地依旧咬牙前行,这才叫坚强的信念。伟大领袖毛主席带领的队伍就有这种信念,所以才能所向披靡、战无不胜。

什么叫详尽的计划?每位员工对工作目标,必须从战略上和战术上都有详细的方案,而且备有预案。每次为上司拿出两个以上的方案,分析利弊及可能出现的情况,只让上司决策即可,自己负责快速实施到底,这才叫详尽的计划。

什么叫淡定的心态?面对形形色色的诱惑毫不动心,面对来自各方的打击面不改色,纵然困难重重也能微笑前行,这才叫淡定的心态。

教授声音不大,却娓娓道来,十分耐听、耐品。唉,讲起来容易,做起来却不会如此轻松。不过我会竭尽全力,因为我相信"锯响就有末"!

2015 年
19
8 月大

青云林海国学大讲堂

今年暑假期间,为了提高家乡青少年的国学智慧,青云林海开办了国学大讲堂,聘请国学大师来进行国学教育。今天上午有幸和国学大师聊天,一席话让我感受到国学的魅力、国学的智慧、国学的精妙、国学的神秘、国学的五彩缤纷,实属受益匪浅。大师并没有"之乎者也"或引用很多深奥的名言佳句,而是用最通俗易懂的言语道出了深刻的人生哲理,令我茅塞顿开,回味良久。

他讲的意思大致是:一个人的一生,说长不长,说短不短。无论你做什么,首先要学会做人。做人的基本原则是,对上恭敬,对下不傲,这是礼节。懂礼了,就懂得怎么做人了,会做人是做好其他任何事情的基本功。然后是做事,做事的秘诀与智慧很简单,就是大事不糊涂,小事不计较,这是一种智慧与境界。第三就是对待利益的态度,如果能拿六分,而你只要四分,你注定一生 OK。一代大商孟洛川一生牢记师父教他的八个字"财自道生,利缘义取",意思是用智慧前行的人就能生财。"道"字意思很多,就结构讲,里边是"首",外边是"走",简单解释就是用"首"前行的人才是生财的人,所以财自道生!利,缘于义而来,所以讲义气的人才有可能获利。第四是自律问题,凡是想有所作为的人,必须要求自己做到守身如莲,香远益清。因为自律就是人格。第五是对人诚信,做到表里如一,说到做到,百分之百兑现你的承诺。第六是修身养性,要学会优为聚灵,敬天爱人。天地无私为善自然获福,圣贤有教修身则可以齐家。第七就是始终要相信天道酬勤。无论你有何等的理想、梦想、思想,又有何等的创意,都不能懒惰,一个天天贪图享受的人,一生注定不会有所作为。无论是谁,当你穷困潦倒的时候,把你的勤奋拿出来,钱就来了。第八是你要始终相信财散人聚的道理。当你有钱了,你的任务就是把钱花出去,或者叫散出去。一旦做到这一点,你的人气就来了,自然会有很多人围着你,从而更增强你的自信,让你财源滚滚达三江,你不想有钱都不行。此道理即彼道理,浅显易懂又深刻无比。

2015 年
20
8 月大

七夕品孤独

今天是七夕，牛郎织女鹊桥相会的日子。年轻人把这天叫作中国的情人节，据说各家酒店预订爆满。而我却拒绝了一切邀请，独自回家享受宅男的世界。暮色来临，我简单地弄了一点儿水果沙拉对付了晚餐，然后就上楼伏案，在浓郁的夜色里让思绪如流动的血液，在心灵深处奏响那彻夜难眠的音符，试图化开若有所思的心结。一纸文字跳动成语言，载上一份思念的守候，徘徊在梦的边缘，涌动着狂奔的寂寞，幽幽然中想象着牛郎织女在银河鹊桥上相会的情景。同时猜测在大千红尘中，有多少人想竭力在今天彻底撕开孤独的外衣，犹如疯子般投身尘世的浮华，急切地品尝唇甜、烟香、酒醇。又有多少人在酒的甘醇中迷失了自己，在烟的清香中燃烧着生命？

回国五年多的时间里，尽管天天被迫受熏染，却依然没能爱上这些浮华，倒是与孤独结下了深厚的情感。因为我觉得，孤独十分可爱，

宛如长歌，只有具有乐观主义和浪漫情怀的人才能读懂孤独的绝唱。比如端一杯清茶，捧一本闲书，美妙绝伦的旋律从音箱里缓缓流入心田，那是何等的沁人心脾？何等的酣畅淋漓？茫茫红尘，只有在孤独中才能深切感受到自己的存在；只有深刻感受过孤独的千锤百炼，灵魂才能得到进一步升华；只有在与孤独深度较量后，才能真正体会到生活的不易与厚重。在享受孤独时，一定要竭力牵着热爱的手去感悟，尽量不去体会伤感和痛楚，由此享受其带给你的宁静与淡然。有时候，孤独也十分可敬，犹如琼浆玉液，只有在静夜悄悄感受，才能品味出那一缕幽香的甘醇。饮醉了，就闭上眼睛半倚沙发，或躺在床上或伏在案边，品杯咖啡。还可以手舞足蹈，也可以跟随思绪上天入地，在沉醉中找回真实的自我，这是何等惬意的境界？

面对窗外的夜色，突然有些许的凄楚涌上心头，牛郎织女一年能相会一次，而我呢？与鹊桥相会又有多大区别？欠人欠己！小女儿六个生日已然缺席……

2015 年
21
8 月大

雨中长考

　　久旱无雨,心里空空荡荡的,有点儿烦躁不安。想不到今天下午竟下起了小雨,在工地走一圈,不用任何遮雨工具,被雨淋得湿漉漉的,燥热瞬间消失得无影无踪。木栈道两旁的蛇鞭草,开着蓝紫色花朵,一束束争奇斗艳,身处其中,犹如误入仙宫,轻轻地从心里感叹一句:"这边风景独好!"

　　夜里,小雨仍在继续,柔柔润润、点点滴滴,落在皮肤上,有丝丝的清凉感;滴在院落里,有轻妙而飒飒的响声,像音律,很有节奏感;洒在窗棂上,有滴滴答答的响声。我惬意地坐在窗前,熄灭了所有的灯,望着渐渐凄迷的雨夜久久无语。恍惚间,仿佛远离了喧嚣的城市,孤居于森林之中、湖水之畔,聆听着沙沙的雨声和雨水击打树枝、树叶而发出来的声音。几片黄叶晃晃悠悠地飘至眼前,又落入湖中。两行热泪不知不觉间扑簌簌地流下来,好像雨夜读懂了我的心,于是便与她开始了交流……

依稀记得太行山腹地的小山村,孩提时代的我是何等的快乐与幸福,尽管天天食不果腹,依旧是那样无忧无虑,快乐地成长。雨后的山坡,清新而静谧,各种树木绿玉般苍翠,杂草像疯了似的猛长。我与小伙伴们疯跑在漫山遍野中,累了坐石头上歇一会儿,渴了直接仰头张嘴喝喝山泉,饿了就寻觅没有长熟的青瓜梨枣。那叫一个野,野出个金子般的童年……

后来,尤其是上学以后,好像就再也没有那种野劲儿,再也没有那样痛快淋漓过。小学毕业考初中,初中毕业考高中,高中毕业考大学……工作、进城、结婚、生子、辞职、出国、下海、做生意、当老板……总是忙得一塌糊涂!

手机突然响了,打开微信,是位亦师亦友的兄长发来了一段他的感触:"真正的老板,是夜深人静时把心掏出来,自己缝缝补补,完事了再塞回去,一觉醒来又是信心百倍。相信自己,越活越坚强,我没有靠山,自己就是山!我没有天下,自己打天下!我没有资本,自己赚资本!我弱了,所有困难就强了。我强了,所有阻碍就弱了!活着就该逢山开路,遇水架桥。生活,你给我压力,我还你奇迹!"

初遇武当

　　今天中午一点，我驱车赶往中国第一仙山、世界第一道教圣地——武当山。一路高速，下午五点多就来到了武当山下，虽然天色还早，可山门已闭，只能在山下小歇一晚，等明天一早登山。晚餐很简单，土豆丝、酸辣白菜外加一道当地土菜，一碗大米，两人不到四十块钱。

　　饭后逛武当剑房，各种各样的刀剑应有尽有，我一把一把地细细观赏，一把太极剑上雕刻的小字吸引了我："你觉得世界是地狱，它就是地狱！你觉得世界是天堂，它就是天堂！幸不幸福，不是由财富决定的，是由意识决定的。"我问店主这把剑的价格，店主很严肃地说："这是武当玄武剑派传下来的太极名剑，可谓价值连城。今天看你是道缘极深之人，可以便宜给你，特特特价，原价八万，给你只要八千。"我看了看标价，真的是八万，打到一折，感觉蹊跷，接着问："还能再便宜吗?"店主答:"不能!"我又试探说:"我身上只有三千块,看来没有剑缘呀,只能下次再买了。"

在我要离开店铺时,店主突然拦住我:"剑客,念你道缘太深,此剑应为你佩戴,多少人想买我都没卖,现在物归原主,三千块你带走吧!"一眼便明白店主在忽悠,我借口两分钟回来便离开了这家店铺。

等我们到了住处隔壁的超市,在柜台的一角发现了同样的太极剑,三百块便可搞定。哈哈哈,我与司机笑谈了半天,这就是玄武精神吗?

2015 年
23
8 月大

登武当金顶

　　早上七点,我们开始进山游览,在导游的引导下开始了解武当。武当山是非常著名的山岳游览胜地,胜景有箭镞林立的七十二峰,绝壁深悬的三十六岩,云腾雾蒸的十一洞,玄妙奇特的十石九台等。主峰天柱峰,海拔 1612 米,被誉为"一柱擎天"。四周山峰向主峰倾斜,形成万山来朝的奇观。

　　相传武当山是真武大帝修仙得道的圣地,素有"非真武不足以当之"的说法,故名武当山。那真武大帝又是从何而来呢?太上老君为拯救人间便合光同尘,化作太阳的精灵,降生人世,变成了真武大帝。有关道教的书我读过一些,记得有一句话叫"老子一气化三清",其含义是,老子是道教文化的起源,道教的鼻祖。三清是指太清道德天尊、玉清元始天尊、上清灵宝天尊。太清道德天尊位于三清之首,也就是太上老君,即真武大帝。嗨,道教各种尊位的关系太过复杂,很难搞清

楚。导游让我给问得张口结舌,最后倒过来叫我老师,弄得我怪不好意思。

道教修的是今生,佛教修的是来世,儒教修的是做人。记得金庸《神雕侠侣》中全真派的创始人王重阳主张"儒门释户道相通,三教从来一祖风"的原则,也就是说三教都是一样的修身修行,祖风相同,只不过是修的目的有区别而已。依我看,三教中道教文化太过博大精深了,有些说不清楚的感觉。大约十一点半,终于爬上了天柱峰,到达了金顶,放眼四周,有一览众山小的感觉,更有"山登绝顶我为峰"的体验!金顶面积很小,有百余平方米。有一棵古树要算众树中的奇葩,树名叫乌冈栎,壳斗科,树龄六百多岁,是金顶的历史见证者。金顶始建于明朝永乐年间,距今六百多年。

我又好一阵跪拜,并投钱于功德箱,接着就下山了。

2015 年
24
8 月大

访德馨茶事

　　今天上午,我有幸造访了德馨茶事,本想给自己放个假,找个不起眼的位置坐下来,泡杯茶好好歇歇,顺便让朋友鉴别一下我的一个玉牌。没想到巧遇这里的女主人,她依旧那样真诚、热情、好客。我们非常熟悉,在她谈恋爱的时候我就已经认识她了,屈指算来已整整十六年。那时候她未来的先生刚刚开办新乡市的第一家茶楼,其人虽小我很多,可德行好,又与我投缘,没多久就成了很好的朋友。2000 年我与该兄弟一同去北京时,第一次见到她,当时她身材修长窈窕,两眼水灵灵的,楚楚动人,正在读研究生。后来他们结婚了,女主人自然也成了我的好朋友。我们隔三岔五便在他们的茶楼或家里小聚小酌。印象中,她就像《沙家浜》里的阿庆嫂一样,漂亮、大气、谦和,为人处世真诚可靠,做事左右逢源、滴水不漏,属于情商极高的类型。

　　我从未坐下来和她深聊过,因为在我的心里,她先生几乎代表了她的所有。今天她面对面坐下来为我泡茶,单独聊天还是第一次。她拿出了德馨茶事的看家珍品,第一道茶是方守龙的五彩牡丹,甘洌纯净若深谷冰泉,杯中叶片有药草清香。第二道是福建牛栏坑的肉桂,茶味浓烈,犹若草原猛汉,几杯入口便有酒劲儿上头的感觉。让你由茶悟人生,茶若禅道,茶若人世精灵。

品茶的过程中,女主人一边深解茶道,一边谈论人生,其见解很是独到,极其耐人寻味。谈到婚姻生活时,她说她与先生总体讲是非常幸福的,各方面都非常和谐。但也不是没有"杠"的时候,关键是他们处理得比较得当。当我问她怎么处理时,她说:"其实很简单,除了相夫教子,当家庭主妇之外,我必须活出我的独立。别你飞得跟火箭似的,我在后边坐个热气球,我最少也得乘坐个超音速飞机!你天天学习,天天进步,我至少也得读几本书,不断提升自己。他提高我也提高,才能同步,才能使星星和月亮每天都有新话题!"

我听得认真,很是赞同。她接着又说:"我做德馨茶事也是如此,拿出我的真诚对待每一个客人。在家庭生活中,尤其是在婚姻生活中,没有绝对的好男人,也没有绝对的坏女人,关键是能不能包容、谅解……谁都需要对方的支撑!"短短的交流,几乎颠覆了我原来对她的印象。看来男主人的成功有其必然,女主人的独立更有其深刻的内涵!

借车风波

前几天,朋友 A 向朋友 B 借车,说想带老人出去旅游几天,B 答应得非常干脆。临到用车的前一天,B 突然说车借不了了,结果 A 大恼,两人当着我的面大吵起来。今天碰到一起,我想把这事帮他们说道说道,A 说 B 说话不算数,B 说 A 以前借钱也不守信用,虽说钱不多,可从不按时还。两人互相揭短,说话不留一点儿情面,最后两人彻底崩了,发誓再也不理对方。在场的我感觉很不舒服,都这么大岁数的人了,怎么会有这样的火暴脾气。几十年的朋友了,说掰就掰,说掰就掰,到底为何?为承诺与信用!

守信是一个人立身处世的根本,是人人都应该遵循的行为准则。话不说满是守信的基本前提,言出必行是守信的实质与核心。承诺时要综合考虑自身的能力,留有余地,因为一旦说到却做不到,就必然会遭到别人的诟病,你一旦向别人承诺了,事情就无大小之分,做不到就是失信。不要过度承诺,但要超值交付。如果 B 先说问问再定,等确认车确实没安排再答复 A,并提前把车洗得干干净净,加满油,再备上两件矿泉水,准时交给 A,那又该是一种怎样的景象呢?

2015 年
26
8 月大

与非遗的碰撞

下午五点,晨光读书会的家刚兄弟邀我去"神玉典藏·禅茶"喝茶。这里与德馨茶事一样,同样有茶香、茶叶、茶室,同样是一女主人,不同的是卖茶不是其主业,这里还有玉石、翡翠和各种珠宝,更有面人儿等民间工艺品。刚进店时我有点儿晕,简直不知道这位女主人究竟是做什么的。

女主人叫张晓立,精明干练,口才也很好。坐下来聊天时才知道,她曾在政府部门供职,很多年前就下海了,除了做珠宝生意,主要坚持从事非物质文化遗产的传承工作。

她以捏面人儿为例向我介绍民间非物质文化遗产的魅力,其实就是民间艺术高手的技能。她当场让捏面人儿高手为我造像,大约半个小时后,一个活生生的"我"摆在面前,真像! 我全程目睹了看上去很年轻的民间高手刘玉伟当场完成了我的面人儿像,太传神了! 几分钟后,又来了一位窈窕美丽的姑娘,十级古筝高手,当场表演了两首曲子,弹奏的旋律非常优美,美女的姿态也十分优雅,着实令我吃惊。女主人说像这样的民间艺术高手,她手下还有很多,可谓人才济济。

我问她:"你靠这些艺术怎么赚钱呢?"她回答得很干脆也很坚定:"赚不赚钱我都会坚持做下去!不过我也在调整自己的思路,尽量把一些高端艺术调换成百姓能接受的艺术,只有这样我才能保证这些文化遗产的传承与发扬!"

她喝口茶继续说:"人生的路都是逼着走出来的。不逼自己一把,我永远也不知道自己能做多大的事。经济大环境不好,艺术行业最难做,尤其近两年,几乎无路可走。逼自己一把,自然就能想出办法寻到出路,艺术下乡就是一条很好的路子。走出了第一步,第二步、第三步就容易多了。如果不逼自己一把,颓废与懒惰就会逐渐锈蚀我的心灵,曾经的梦想与职责就会灰飞烟灭,生命的价值和我要传承艺术的梦想将会大打折扣!"

晚饭的时候我在想:假如把这些非物质文化遗产引入青云林海优年小镇,会是怎样一种状况呢?

2015 年
28
8 月大

中元节

今天是阴历七月十五,中国民间的中元节(鬼节)。上午一大早我
就与儿子驱车回老家祭祖,儿子虽已为人父,但在我面前依然是个孩
子。路上,他依旧像小时候那样向我问东问西:"爸,为何要在阴历七
月十五祭祖?"我回答:"其实我也不太清楚,只记得当年你爷爷给我讲
过一些这方面的传说:每年从阴历七月初一起,阎王就下令打开地狱
之门,让那些终年受苦受难、禁锢在地狱的冤魂厉鬼走出地狱,获得短
期游荡阳间的权利,享受人世血食。所以人们称七月为鬼月,古人认
为七月是不吉的月份,既不能嫁娶也不能搬家。我后来上大学时专门
查过一些资料,说是在阴历七月十五这一天,鬼门关大开之时,鬼魂可
从地狱之门自由出入。所以不管是烧纸钱送祝福,还是捧雏菊寄哀
思,或者在互联网上祭先人,小鬼儿都能把银钱与贡品带入阴间。活
着的人们今天可以尽情思念已逝的先人,先人的魂魄会时刻伴随活

人,等待你的礼物与祝福。所以,很多人会在今天上坟、烧纸、祭祖。这也是人灵性的自发,是感情的延伸,是最基本的信仰。而且同时警示活着的人要好好珍惜每一天,不要愧对亲人和朋友,不要愧对已经永远离去的先人。因为总有一天我们也要和他们在阴间相见,到时候,你可以自豪地说:在人间是好汉,在阴间也是鬼雄!"

不知道我的作答儿子是否满意或完全听懂,但他听得非常认真且耐心。儿子很乖、很孝顺、很平和、够优秀,随我多次上坟,总是一丝不苟地按照我的意思在我爷爷奶奶、我母亲坟前画上一个半圆,放上贡品,烧着银钱燃响鞭炮,然后磕头跪拜,十分虔诚。其实他十几岁就随我移民美国了,接受西方文化的量度远远超过了中国传统文化,可回到国内依旧能遵规守道,真让我赞许有加。

我认为这不是我教子多有方,主要是他娶了个中国好媳妇。儿媳比儿子小一岁,家教很好,素质很高。重点大学毕业,自律性很强,积极向上,真诚可靠。又懂得孝顺老人,且贤惠有加,可以说是上得厅堂下得厨房的那种类型。现在的年轻人,能做到这份儿上很是不易了。我很为我儿子感到自豪和骄傲,因为娶个孝顺好媳妇胜过拥有万贯家产!有位资深的国学大师曾这样说过:"父母就是你的天,父母就是你的神!要富敬祖墓!"其实道理很简单:在中国,没有谁愿意和不孝敬父母的人有更深的交往。

2015 年
30
8 月大

喝咖啡，品人生

下午，司机在帮我整理行李，我应邀与朋友在红咖啡小坐，也算是为我送行，因为我要飞纽约，在那里小住一段时间。我们点了两杯浓咖啡，选了个靠窗的位子，对面而坐。窗外是匆匆的行人和奔驰的车流，咖啡厅里有清静的气氛和轻柔的音乐。我们尽量压低声音聊天，各自品尝咖啡的苦香……用小匙轻轻缓缓地搅拌杯中的咖啡，端到嘴边，咖啡淡淡的香味伴随着悠扬抒情的钢琴曲，缓缓地飘来，沁入心脾，让人不由自主地产生回忆和遐想。

几天来，初秋悲切的心情，在这音乐缭绕的氛围里得到释放。两个人交谈的是内心，品尝的是咖啡，回味的是生活，回忆的是以往的人生……朋友说："人生就像河流，而命运犹如曲折的小溪，流过山谷、流过森林、流过荒漠、流过沃土，还有那生机勃勃的田野……经历无数的艰难险阻，才能汇入河流。"我觉得朋友形容得很形象，说："三十多年前,命运让我离开生我、养我的故乡,独自走进红绿灯组成的世界,在举目无亲的异乡漂泊。那段艰苦的岁月让我深深地体会到了生活的艰辛,但也磨炼了我的意志,坚定了信念,培养了宽容豁达的心态。那段生活虽有苦涩,但就像这杯苦咖啡一样,更多的还是醇香……"我品一口咖啡又接着谈自己的感受:"人的心胸与境界是逐步锻炼出来的。比如都说我们辉县人抠,这一点是有渊源与背景的。像我吧,从小生活在极其贫穷的山沟里,记忆中一个鸡蛋五分钱,一个劳动日八分钱,让我怎么大方?当时哥哥花两分钱为我买一包山楂片,一万块那会是多少包山楂片呀?看着母亲把一块钱分成几份花的样子,两毛钱称一斤麻糖都不舍得,你说怎能让我大方得起来?现在一掷千金的时候也有的是,只是在潜意识里还会计算,还会感叹。我觉得那不叫小气,那叫节约,可谁又能理解这种节约呢?因为时代已经变了。从 2000 年初辞去银行工作移民美国至今,经历数次的创业。每经历一次,就促使我不断地反思,不断地总结,不断地增长生活的阅历。出手也越来越大,浪费也越来越多,心胸也随之越来越大。失之坦然、得之淡然、珍之必然,基本上能一切顺其自然。"朋友点头表示理解,不过他又说:"你知道封丘人长垣人为何那么大气吗?"他笑了笑接着说:"我是封丘人。很多年前我乘 25 路公交到西王村,下车后碰到老家的一位大叔,觉得特别亲切,马上到小摊上买了两瓶饮料给他喝。当时身上只有五块钱,买过后回去的路费没了,步行了一个半小时才回到家,累惨了,可心里是快乐的……"

我们聊了很多很多,还有很多想聊,可窗外突然阴暗,不一会儿大雨瓢泼,一场大雨开始了!再闻闻眼前的咖啡,醇香已远不如刚来时。草草结账,为小坐画上了句号。

2015 年
31
8 月大

在路上

　　早上五点抵京,西客站街上雨丝飘飘,这里秋天将至的肃杀味比新乡还要浓烈。晨风吹起衣角,掀起的仿佛是缕缕凄楚,没有任何理由的惆怅在心底一浪高过一浪。路旁行道树上的叶子露出泛黄的痕迹,落叶时而随风飘舞,时而空中盘旋。

　　一小时后,朋友送我抵达首都国际机场。由于时间尚早,我便到咖啡厅小坐,刚坐下朋友给我发来一条鸡汤微信:"人生就像饺子,无论是被拖下水、扔下水,还是自己跳下水,一生中不蹚一次浑水就不算成熟。岁月是皮,经历是馅,酸甜苦辣皆为滋味,毅力和信心正是饺子皮上的褶皱。人生中难免被狠狠捏一下,被开水煮一下,被人咬一下,倘若没有经历,硬装成熟,总会有露馅的时候,所有的经历都是财富!"用饺子比喻人生也能说得如此妥帖,真够牛的。

　　我一边品味朋友的微信,一边办理登机手续,然后安检登机。今天过安检的人特别多,平时空荡荡的大厅今个儿有点像深圳的罗湖口岸,人挨人,水泄不通。我问工作人员是怎么回事,得到的回答很简单:"坐飞机的人多了!"我晕!突然有位工作人员过来说:"已经登机的、有三高症的、带儿童的……从这个通道走,让一让,快一点!"从我面前走过时直接对我说:"你,我说你,去,走这个通道!"五分钟后安检完毕。没搞懂是因为我太胖太高,她认为我有三高症,还是别的什么原因使我不用排队?

　　登机坐定后我在想,离开纽约又有整整七个月,曾经的故事,曾经的牵挂,曾经的孤独,曾经的愤懑,曾经的放不下,曾经的秋日悲切……希望能在波音 747 离开地面的瞬间,消失得无影无踪。相信自己,相信命运,相信善良,更相信天意。相信一切已经过去,相信明天一定会比今天好,相信真实的自己永远会微笑……

2015 年
1
9 月小

所谓『专业理财人士』

　　在飞纽约的飞机上,刚好和已定居美国多年的朋友坐在一起,他给我聊了很多关于美国华人社区的稀罕事。他说最近掀起一股热潮,突然冒出来许许多多的"专业理财人士"。他们衣冠楚楚,言行得体,谈及你的家庭保险财务需要时,更是一副欲救你出水火的恳切表情,将你之前购买的保单和退休金产品攻击得体无完肤,而将自己描述成宛如福音传道士,信誓旦旦地对你承诺如果将原有保单退出,转至他们所代理的公司,必定是购买了理财保险的"万应灵丹"。还热忱地邀请你参加他们机构举办的"如何获得财务自由讲座"。可是当你和家人问到他们公司产品的历史或其从业资历时,他们必定支支吾吾,顾左右而言他。这时必定有一个表情更加热忱、目光更加坚定、手势更加夸张的"上线"(当然,这群"专业人士"会尽量避免使用这个敏感字眼)出场,及时递上一张名片,名片上的头衔也是十分吓人,例如:市场主管、高级营销总监,乃至首席执行官,等等。很多不明真相的消费者在这样的"公司高管"坐镇下,加上"理财精英"巧舌如簧声泪俱下的推销,难免不动心。而且如果在有组织的大办公室内,必然还有一些其他人或自称客户,或自称原先服务于大保险机构,现在弃暗投明的经纪人晃悠过来推波助澜,备受从众效应催眠的客户绝大多数情况下会昏昏然签下转换(Replacement)合约。

如果您对以上一幕似曾相识,这就是近年来在美国东北部华人聚居区发展得如火如荼的世界金融集团(World Financial Group,简称WFG)的得意之作。这个以金融保险类产品为幌子的传销巨无霸公司,每日在他们的培训中心会上演数十次如上所述的戏码。我这位朋友,曾经是其成员,当年在朋友周六"家庭聚会"鼓动下加入,在 World Financial Group 数年,去年离开这个金融传销巨头的时候职务已经是 Senior Marketing Director(高级营销总监)。他今天在飞机上告诉我这些,旨在解密 WFG 这个巨大的传销集团采用不道德的推销法来欺骗初级经纪人和新移民保险消费者,以假乱真的推销手法使越来越多的保险客户蒙受巨大的经济和精神损失。

2015 年
2
9 月小

美国梦

美国,对大部分中国人来说是一个既熟悉又陌生的国度,来自大洋彼岸任何的风吹草动都吸引着国人的注意。从多年前的《北京人在纽约》《曼哈顿的中国女人》,到现在的更多中国人在纽约,自由女神的魅力对那些拥有淘金梦的国人来说一直有增无减。

但移民后的生活并非都甜蜜,压力、孤独似乎更是这些追梦人的心理写照。在巨大的心理落差面前,他们是后悔移民还是迎难而上?在此,举几个真实的例子,供大家了解美国华人的真实生活。

江平,华尔街知名华人交易员。2007 年,他被华尔街著名专业杂志《交易员》评为年度百强交易员,成为该榜单历史上首位华人。1989年,他揣着 2000 美元来到美国普林斯顿大学攻读化学博士学位,后又到斯坦福大学攻读金融博士,因为这才是他的真正兴趣所在。从 1995年至 2004 年,全球经济危机一波接一波。但是,江平的投资收益一直在三四成到一倍以上，成为雷曼公司贡献最大的交易员之一。然而这位"送财童子"得到的报酬，却与他的付出不成正比。江平以1650万美元的天价，买下了纽约曼哈顿中央公园西侧的SUPK豪宅，成为小野洋子的新邻居。江平说，做到一定级别以后，离开反而更难了。职业头衔的光环和其他人的歆羡阿谀，以及理想工作的来之不易，使得他不忍放弃。

另有一个姑娘小云是出生于普通城市家庭的80后。这代人，无论家庭景况如何，都是家中唯一的宝贝。她住的是地下室，但好歹是大套间，并且有洗衣房可以用。厨房里原本有个透气的小窗，但太高，小云不站在凳子上根本够不着，而且出于保护隐私的目的还多加了一层窗帘，因此小云的居家生活可以说暗无天日。住了一个学期，小云觉得自己的肤色越来越苍白，手上的光泽也越来越淡，还有大把的落发。可是又能怎样呢？不窝在这阴暗潮湿的地下室，就得搬到人口密集的曼哈顿或昆士，在老旧的房子里租一个小房间，每天和一大堆来自五湖四海的室友分享有限的资源：早上抢卫生间，晚上抢厨房，半夜还要听晚睡的人叽叽喳喳打电话。尽管生活很困难，但小云并没放弃希望，毕竟前辈们的经历证明，一旦学有所成，找到工作，就至少可以买上一套或大或小的公寓房,告别蜗居生活!

　　大学毕业后的小袁,如愿留在了美国,并且成了家。2006 年在便利的沃尔瑟姆(Waltham)买下三居室的平房,房子价格适中。夫妇二人工作,供房压力不大。一年后孩子出世,父母过来帮忙,一家人住正好合适,其乐融融。后来老人回国,为了更好地照顾孩子,太太干脆辞掉工作,在家做了全职太太,准备养精蓄锐,一鼓作气再生老二。2008年以后,经济形势持续恶化,失业率节节攀高。小袁如临深渊、如履薄冰般努力工作,在逃过公司最初两轮裁员后,于今年年初还是被裁。唯一的经济来源被切断,最初的恐慌可想而知。小袁意识到,对于打工者而言,薪水其实就是一切,尤其在无亲无故的异国他乡。失业之后的几个月,递出的简历如石沉大海,满世界似乎都是相同经历、相同背景、削尖脑袋找工作的人。同时被裁的美国同事已经开始挂牌售屋,糟糕一点儿的在等待银行法拍,而得益于中国人未雨绸缪的好传统,小袁夫妇的积蓄还可以维持数月的开销。但何时能找到新的工作,只有天知道……

2015 年
3
9 月小

青花瓷

今天在 6park 网站上看到一篇短文，很棒："天青色等烟雨而我在等你，炊烟袅袅升起隔江千万里，在瓶底书汉隶仿前朝的飘逸，就当我为遇见你伏笔……"这首周杰伦的《青花瓷》，大家耳熟能详，除了喜欢曲调之外，更喜欢其歌词。相似的情思，一样的共鸣，你懂与不懂，我一直在那里，悠悠等待，浅浅流露着丝丝忧愁，却又不失唯美。原来等待也可以这么美好，诗情画意的场景，不由得为此浮想联翩……一个"等"字，充满了无奈与感叹，淡淡的愁楚，浅浅的惆怅，以唯美的语调诠释了此刻复杂却又单纯的感情。唯美之处，唯有心通的人，才能体会此种情思。天青色等烟雨，而我在等你，隔着千万里，似在近旁。青花瓷的美丽，隔着几千年静静观赏，蓝底色的花纹下，流露着穿越隔世的等待，想念依旧清晰如初。要怎样的情事，需几世的等待搁浅，一句盟约，造就了历史的牢笼。青花瓷传世的嫣然，承载着你不为人知的

113

等待,一世世将那份笑意的缠绵延续至今。一窗心事,每天冉冉升起,晕开你的妆容,仕女图的妖娆,水墨丹青的豪气,一一勾画,于青花瓷上勾勒一幅千年的秘密。不用过多的伏笔或铺陈,那仅是:天青色等烟雨,我在这儿等你。

我在这儿等待,仅仅这么简单,却需耗费几世的光阴,若时光流转,早知道需这么久的等待,是否会后悔那次遇见,是否会选择不见?青花瓷依旧,飘逸在蓝色的釉中,不失美丽,静静将等待一世世珍藏,越发地摇曳着姿色,招手在红尘中。在冥冥中,将那早有的定数一年一年绵延,不问相聚、别离,从未停歇等的脚步。原来等待,如此让人心疼,以至于无法呼吸,无涯的光阴,不会吝惜等待的天长。驾马而去,已是一千年的岁月,青花瓷载着悠悠的思念,经过光阴的洗礼,依然如初。幽幽的蓝色分外清晰,像极了初见时的场景,无任何的改变。立在身旁,那传世的美丽,传奇的故事,寻找着那份久远的等待,静静地在烟雨深处,等候你的归期。

《青花瓷》歌词是如此优美,把"等"描绘得如沐春雨,清新脱俗,诗情画意,宛若赴一场春天的约定。听着听着,幻化成了春风春雨,撑起了乌篷船。你在春归处,落下等待,在青瓦白墙的雨巷里,于青苔之上刻下笔笔思念。你在袅袅炊烟里,千万里长空,一笑嫣然,宛若含苞待放,将我带到初识的远方。等待,其实就是一种美丽的心情:于每个清晨的第一缕阳光里明媚;在闲暇读书饮茶,那一杯清茶中氤氲着曾经的种种;在落笔指间,如风起舞的文字里,为了来生的重逢埋下种种伏笔。

这样想来,不禁释然,有等待陪伴,流年怎也会眷恋等待的人。即便不能再次相遇,也感恩那惊鸿一瞥的恩惠赐予的际遇,至少隔着万千山水依然遥遥眺望江南的袅袅炊烟,能默默一个人回忆那一抹淡淡经年。一如隔着漫长历史,静静观赏青花瓷那不变的美丽,静静在念你,等你。仅仅是如此等你,荒芜了匆匆年月,谨记那场约定,悠悠歌声将我带去了思念的地方。痴念的蝉翼,琴瑟蝶儿唇语:"天青色等烟雨而我在等你,月色被打捞起晕开了结局,如传世的青花瓷自顾自美丽,你眼带笑意。"天青色等烟雨,而我在等你,等你晕开结局,重演相遇一笑的美丽……

中国式父母

　　到纽约这几天,努力调整时差,同时也在拷问并检讨自己为人父母是否够格。直捣灵魂实话实说:我们中国家长是世界上嘴上很疼爱子女,而事实上却是内心最自私的人,包括我自己在内。身边有不少朋友,尤其是华裔(包括一些留学生,移民),和父母的关系都不怎么样。这里并不是说代沟什么的,而是中国父母的那种控制欲、占有欲。表面上是所谓的疼爱孩子,其实却在做着牺牲孩子幸福的事情,为的是满足自己的虚荣心、控制欲。

　　中国父母最不懂的就是如何倾听孩子的声音,站在孩子的角度去理解事物,更不懂得如何尊重孩子的选择。几千年的家长式作风,还是那种"老子就是你老子,哪怕我说的都是错的,你也得听",还有"哪怕你三十大几了,你在我面前还得听我的"之类的"理直气壮"。

　　中国家长的自私还表现为借着孩子的风光或者面子,给自己的脸

116

上贴一层金,哪怕孩子不喜欢,他们也会强制性地把孩子送到自己希望的那种生活方式上,完全不尊重孩子的意愿。如果孩子有了出息,中国父母会想当然地认为孩子的成功是自己一手缔造的。这种可笑而又愚蠢的虚荣心,支撑着他们所谓的面子,以及跟外人吹牛的资本,"我孩子,如何如何",总是觉得自己的孩子就是比别人的孩子好,而自己呢,生活却过得捉襟见肘,让人觉得除了可笑还有可悲,没有任何其他词语可以形容。更为不可思议的是,这种虚荣心还会扭曲家长的世界观、价值观,让其时常以为"我培养了你,你理所应当孝顺我,不管什么事儿都得听我的"这种不讲道理的作风。如果孩子过得差了,中国父母更是有理,他们很少安慰子女,更不会倾听孩子为什么失败,也不会给其鼓励,反而会说一些"瞧,老子当初就教训过你,你现在傻眼了吧,不听老人言吃亏在眼前"等事后诸葛式的空话,站在道德的制高点上指手画脚,总之老子就是比儿子高明。

相比中国父母,欧美的父母会开明很多。我和很多老外接触过,他们的父母就完全没有中国式家长"老子天下第一,你必须听我的"之类的做派。欧美青少年做什么事情都是自己在尝试,父母给予的是鼓励和计策,让他们把事情做到更好。很多上了岁数的老外都觉得孩子的生活是他们自己的,为什么要干预孩子的幸福和选择呢?哪怕他们失败了,那也是一种正常的生活体验而已。即便他们在行将就木的时候,如果看到孩子能够按照自己的想法活着,也会放心的。一个在事业上相当有成就的老外,当我问他会不会希望其孩子将来和他有一样的成就,他连连摆手说:"Absolutely not, he has his own life to go, he can do anything he want."(绝对不希望,他有他自己的生活,可以做任何他想做的事情。)

拿中国式家长那套蛮不讲理的作风与这个老外相比较,真是一个地狱、一个天堂。这也就不难理解,为什么华裔的孩子和父母关系都不怎么好,因为强迫式的控制、占有及压迫会摧毁孩子的自尊,必然有一天孩子会给予还击甚至报复。而老外的孩子和父母关系通常很好,因为老外真正做到了尊重孩子的意愿,让孩子有自己的尊严,孩子也会反过来尊重父母。

　　说了这么多,也许很多中国父母都不愿意面对,甚至会觉得自尊受到严重打击而把我喷个狗血淋头,但是,对不起,我说的是事实,我在骂你们的同时也在骂我自己!我已努力在改正自己,希望大家也尽快亡羊补牢。

2015 年
5
9 月小

陪伴是最真情的告白

　　早上七点，我到修理厂为我的车加氟利昂。六个月没开了，汽车的冷气不好使。虽已时至九月，可纽约的天还蛮热，没有空调在车里仍满头大汗。这家修理厂的老板是印度人，我们之前很熟，车钥匙往他手里一放，自己就去旁边一家韩国人开的咖啡馆吃早餐。然后要了一杯咖啡，坐下来看国内新闻。约个把小时之后，印度人打来电话说车已弄好。结账 159.8 美元，合人民币千把块，贵贱我几乎没有概念。

　　我立马回家与刚起床的女儿商量，问她今天想干点啥，并且告诉她我时差已经调整过来了，在九号她开学之前我都可以陪她，无论是旅游或是做其他的都可以。可女儿的回答是 No，她说她的时间已安排好了，不需要我陪，除非晚上想打会儿扑克牌或玩双人游戏时，可以给我点儿机会，其他时间一律不需要我的陪伴。我听完女儿的回答，觉得有些委屈。我在国内那么忙、压力那么大，在这里专门抽时间来陪她,可她却根本不需要,只在打扑克和玩游戏时我才有补缺的机会!一个父亲在女儿面前混到这种份儿上,心里会有何感想? 我把自己关到房间思考了好一阵子,想不出什么挽救的好方法,只能硬着头皮再叫上女儿,和她谈谈自己的想法与建议。我邀请她一同去帝国大厦、联合国总部、华尔街、自由女神像或大都会博物馆,可女儿仍然摇头表示不去。我问她为什么不,她的回答很简单,说不就是不。此刻,我已不知道还有什么办法可以帮我打破这种僵局。

好在女儿很礼貌地对我补充一句:"爸爸,你可以先忙你的,等我有需要时我会找你的!"我当然也尝试了要不要换一台更好一点的游戏机,买一些更好一点的画笔(她爱画画)或更漂亮的衣服等带有贿赂嫌疑的方法说服她,从而企图拉近父女间的距离,可她依旧是那样坚定地说 No! 她说她不想白白浪费毫无价值的时间与金钱! 仅仅十二

岁的小女孩,竟如此有主意。

面对女儿,此时的我竟不知所措。其实我内心很清楚导致我们父女关系僵持的原因所在:我在中国做项目,长期没和她在一起生活了。在她最需要父亲的时候,我却不在。现在她已有了自己独立的思想与思考,尽管想法依旧显得很稚嫩。她对我似乎有了很大的排斥,用她母亲的话说,你在这个时间来陪她,她明白你是她的父亲,做选择性的需要已经算很给面子了。她已上初中二年级了,对父母的依赖已远不像以前。对于一个父亲来说,这个时期留下的遗憾是没办法弥补的。虽然我心里很不是滋味,但十分明白,我错过了孩子正需要父亲的那个时期,我没有对她付出爱,才会造成今天这种局面。

像"女儿是父亲的小棉袄""女儿是父亲前世的情人"等佳景,我觉得压根儿就别奢望。况且她出生在美国,中文基本停留在说的层次上,而我的英文沟通能力同样停留在简单的说和听,所以我们根本不可能做深度的交流与沟通。试想一下,要求两个不能彻底沟通的人,立即签署一项合约,成功的概率肯定不大。父女之间之所以感情深厚,除了血缘亲情之外,其感情主要来源于孩子成长过程中的长期陪伴。陪伴,陪伴!我突然想起了一句名言:陪伴从来就是最好的告白!至于今后该怎么办,我没了主意。

2015 年
6
9 月小

美东行

早上五点，我开始准备今天的旅程。六点五十分我们开车到达纽约法拉盛敦城酒店门口，上车、登机，两天一夜的旅行终于成行。

导游开讲，先英文后中文，说在纽约有非常著名的"五四三二一"。什么意思呢？五就是纽约市有五个区。四就是纽约有四个华人社区。三就是有三座通往曼哈顿的大桥，布鲁克林大桥、曼哈顿大桥、威廉姆大桥——由于这三座大桥英文第一个字母依次为 B、M、W，所以很多人叫它"宝马桥"。二就是有两条地下隧道通往曼哈顿岛：一是荷兰隧道，二是林肯隧道。一就是在纽约最优秀的导游就是我。旅客们大笑！

然后我们路过新泽西州，这个州是有名的花园州，汽油很便宜，开车的人不能自己加油，必须有专人帮你加油，你要付小费给他，这也许是为了促进就业而形成的一条很奇怪的法律。九点多，我们来到全美国排名第一的普林斯顿大学(Princeton University),这是一所享誉世界的顶尖私立研究型大学,位于美国新泽西州的普林斯顿,八所常春藤盟校之一。

学校正门非常小,显得特别低调,与全美排名第一的美誉似乎有点儿不相配。其图书馆建得非常特别,地面上只有一栋楼而已,地下却有三层且宽敞明亮,竟然还是全美大学里最大的图书馆!这所大学只有八千多学生,有二十五种宗教。普林斯顿大学是世界闻名的精英机构,实行精英教育。其规模比哈佛、耶鲁等著名大学要小很多,但其浓厚的学术氛围和独特的贵族气质在世界范围内都是独一无二的。

虽然学校规模较小,但无论在任何大学排名中,普林斯顿大学一直都高居世界前十。在 2014 年世界大学学术排名中,普林斯顿大学位列全球第六;在 2015 泰晤士报世界大学声誉排行榜上名列全球第七;在 2015 年的 QS(英国一家专门负责教育及升学就业的组织)世界大学排名中名列第九;在最新的《美国新闻与世界报道》推出的美国综合大学排名中,普林斯顿大学超过哈佛大学排名全美第一!女儿说她很喜欢这所大学,不知道她将来是否能如愿以偿。

随后我们到了费城,这里是美国第五大城市。费城位于宾夕法尼亚州的特拉华河畔,"费城"是中文简称,全称是 Philadelphia,有三百多年的历史。在美国独立战争期间,费城是美国革命的发祥地,许多具有历史意义的事件都发生在这里:1776 年《独立宣言》在这里签署,1787 年美国第一部宪法在这里诞生。1790 年至 1800 年间,费城还曾是美国的首都,华盛顿总统曾在这里宣誓就职。

我们看完独立宫等景点后,在一栋颇大的红楼里就餐,点了牛肉和鸡扒,我很喜欢!中午一点,我们开始赶往 Amish(阿米什)村。导游讲,这里的人拒绝汽车、网络等现代化设施,过着二三百年前的欧洲乡村生活,比如农耕、养牛、种庄稼、使用油灯等。他们并不是被社会遗忘和淘汰的人,而是他们可以选择这种独特的生活方式来实现自己的宗教信仰。在宾州兰开斯特的乡间,马车来来往往。驾车的男子头戴黑帽,满脸胡须,头戴软帽、身穿素衣长裙的妇女迎面而过,小孩儿光着脚在院子里干活。

　　Amish 这个名词来自 17 世纪基督教门诺派长老杰克布·阿曼。大千世界真是无奇不有!整个下午,我们参观了阿米什人的家庭、农场以及他们的生活方式。应该说他们是生活在最发达国家的"古代人",全世界只有加拿大和美国有阿米什人,他们拒绝使用任何现代化工具,就连马车的轮子也都是铁轮,没有橡胶轮胎。他们的孩子到十七八岁时,要给其一个选择,你可以继续选择做阿米什人,也可以放弃做阿米什人,只有一次选择机会。通常选择继续做阿米什人的占九成以上,他们结婚后不能离婚,人口繁衍速度为二十五年翻倍。我觉得他们为人类在地球上保留了一股鲜活的力量,一股与发展俨然相悖或叫拒绝发展的力量。他们在拷问或敲打着当今文明:没有知识就不能生存与繁衍吗?为什么我们要学习那么多知识?为什么我们要成为工业化、现代化的奴隶……他们用自己的行为证明:没有现代化的工具一样可以获取幸福;拒绝学习那么多知识的他们也可以繁衍人类。我以前不知道世界上还有这样拒绝发展的人群存在,所以我一下子有点儿接受不了。也许是因为我从出生至今都一直在接受时代发展的熏陶吧!

2015 年
7
9 月小

华盛顿 DC

昨晚我们在弗吉尼亚州一个美丽的小镇度过,这里的软硬件都不错,风格与中国新乡的青云林海十分相似。

早餐后,于七点半准时发车,开往华盛顿 DC。上车导游就发问:"有谁知道,美国首都为什么叫华盛顿 DC 呢?"很多人答不上来,其实很简单:为了与西部华盛顿州有所区别,DC 就是哥伦比亚特区的意思。

约一个小时后,我们开始参观白宫。导游介绍,华盛顿作为美国第一任总统,并没有入住白宫,但他对总统府早有定见:决不能是一座宫殿,决不能豪华,因为在这里工作的人是国家的仆人。他提出了建造总统官邸的三点要求,宽敞、坚固、典雅,给人一种超越时代的感觉。他相信自己的国家会很快富强起来,很快将扩展疆域,在世界上占有越来越重要的地位。华盛顿执意认为总统官邸无须高大,有三层高就足够了。白宫花费八年时间才完成,后来又被英军一把火烧了。以后在原有的框架上进行重修,为了掩饰被烧的痕迹,所以漆成了纯白色,后来白宫就成了美国政府的代名词。

华盛顿纪念碑是这个特区的最高建筑物,法律规定所有的建筑物都不能超过其高度。平心而论,整个华盛顿特区非常干净,而且清爽整洁,几乎没有超过十三层的高层建筑,也没有老态龙钟的大树,上两百年的树恐怕都找不到几棵,但百年树龄的树木比比皆是,加上秋季树叶颜色的变化,可谓苍翠与红黄交错相间,再加上湛蓝的天空和纯白色的建筑群,整个城市笼罩在如诗如画如梦如幻的景色中!

华盛顿 DC 应该是世界上绿化和环境保护最好的城市之一,而波托马克公园更是其中之最。公园中的波托马克河像一条蓝色的缎带,横亘在亚历山德拉和华盛顿特区之间,为这座城市更增添了色彩。乘坐游轮在河上游览,可以看到总统专用机场、中情局特工培训基地、五角大楼等重要建筑,这些机构不像人们想象的那么神秘,我们也无法想象中央情报局的专业杀手,竟是从这个基地培养出来的。

总统蜡像馆的蜡像活灵活现,从开国总统华盛顿到现在的奥巴马,如真人一样在等待着和你握手、拍照。

我站在国会大厦一旁的绿色草坪上,突发奇想:如果在这初秋的时节,骑自行车游览其中,应该是件很惬意的事儿。不管你是男女老少还是贫富贵贱,在如此干净的特区与河流旁边,骑单车游览,听听秋风吹过树梢的声音,那该是何等的浪漫呀?

但凡有底气的城市,都有自己克制与宽容、冷静与豁达的气质,华盛顿 DC 就以其独有的雍容与大度,微笑着接纳每一位来访者。我很喜欢这座城市,她比我想象中要好很多!

2015 年
8
9 月小

纽约地铁

一年四季,纽约的主要交通工具是地铁和双腿。没有哪个城市像纽约这样要走许多路,由一个地方到另一个地方,只差十多个街口,坐地铁一下一上,加上等车的时间,跟走路也差不多了,对比下还是走路爽快。但一天有好几个地方要去,加起来每天都要走好几十个街口。几天下来,下肢都酸软了。有天在街上见到一位七十多岁的老华侨健步如飞,比我走路快多了,当下顿感惭愧。

纽约地铁是最古老的地铁系统之一,有 468 个站,长 337 公里,可能是世界上最繁忙的公共交通系统之一。以前,地铁地图在卖代币的柜前任人免费取阅,现在可能是由于地铁公司经营不善,已不派送免费地图了。最惨的是地铁站里张贴的地图也不多,对初到的游客来说十分不便。同样落后的是,在地铁里莫说没 Wi-Fi(一种短距离高速无线数据传输技术),连手机都打不通。直到现在,才在一两个地铁站尝试安装发射站。天哪！这是赚钱的生意,但管理层就是懒得理会。最莫名其妙的是,有时地铁在某个站停下来,就是不动,也不广播要停多久才再开。人人都走了很多路,站台上有很多剩余空间,但就是不为乘客着想安装些座椅。也许这才是纽约的魅力,落伍和现代文明习惯地、笨拙地混在一起,显得倒像一个活生生的真人——大事聪明,小事糊涂。

2015 年
9
9 月小

最初的梦想

昨天中午整理书架，看到 2000 年年初我在纽约拍下的照片。那时我初到纽约，第一次看到自由女神、华尔街、时代广场、联合国总部，天气很好，阳光刺穿云层，宽敞的街道边玻璃幕墙反射着掺了黄的绿光，名牌店铺生意并不怎么红火，却满街都是。酒吧也随处可见，跟影片里的纽约几乎一模一样。当天住在曼哈顿，此后一口气小住了十天，这期间我最喜欢的活动是在曼哈顿逛街，在天蒙蒙亮时我就起床了，走在曼哈顿街头，由于初来乍到，感觉一切都是新鲜的。

为了找回十几年前的感觉，今天早晨五点钟我便驾车来到曼哈顿，整座城被薄雾微光笼罩着，显得格外沉寂，离开了白天的人流车流和夜晚华丽的霓虹，其真实面目就是一座拥有高楼大厦的城池而已。有人说，纽约其实是两座城市：一座属于白天，井井有条，进取向上；一座属于黑夜，妖孽丛生，欲望在身体里膨胀。只有破晓那一刹，零碎的阳光重新洒满各幢大厦外墙、街道的时候,纽约才短暂地露出厚朴的本质,那种雍容华贵和光彩照人的形象会有所折扣,但依然不乏独特的韵味。

纽约人很爱开玩笑,但他们唯独不拿"9·11"开玩笑。对于一个国家来说,最大的挑战不是灾难毫无准备地突然到来,而是整个国家在灾难的阴影中陷入无休止的恐慌。与我常打交道的杰姆斯,后来成了我比较要好的老外朋友,他总是侃侃而谈,但他也很少讲起这次灾难,并且在这件事上从来都是保持严肃。他是从芝加哥搬来纽约的,无法以一个纽约人的身份去讲述这段历史。当然我相信所有纽约人都无法忘记当年轰然倒塌的两栋楼带走了多少无辜的生命,这是每个纽约人心里稍触即疼的疤。适逢美国劳动节,在电视里看见劳工部长正低头哀悼遇难者,我突然明白杰姆斯对我们说过的话:有的时候,打招呼并不仅仅是一个友好的方式。在大街上跟对方打招呼,点头或是微笑,更多的时候是告诉对方,我与你同在,我们一起面对。现在,"9·11"的遗址修成了广场式喷泉,美国人把每个遇难者的名字刻在花岗岩上,他们依旧与我们同在,我们谁都不孤独。

照片让时光倒流,但时光早已残旧的纽约并不缺少华人,华人在这个异国他乡因为各自的志向不同而各有归属。对于我这种原来准备彻底融入纽约,以后又成为美国公民的华人,现在却长期离开纽约,怎么诠释当时的决定?注定越走越零落,越走越远离。从一个从未接受过西方文化的人,变成了西方文化的拥有者;从一个西方文化的拥有者,再变回一个没有国籍的中国人。这到底是怎么回事?幸好纽约终究是国际大都市,随处可见各种肤色的人,彼此间能相互鼓舞、相互认同,无论你来自哪里,无论富豪出没的上东区对这些人有什么看法,他们,或者已经包括我,慢慢却也在这片一面繁盛一面凋零的土地上落地,虽然并没有生根。

　　无论何时,只要翻看这段日子在纽约所拍下的照片,都会想起当时辞去银行行长时朋友问我的一句话:"你舍得吗?"我当时支吾着说不出一个字,现在我想自己渐渐有了答案。时光早已变得残旧,那些模糊的人影凭借照片清晰地留了下来,当时已快四十岁的我,依然是那样的踌躇满志,不可一世;依旧豪气冲天,激情荡漾……纽约十几年的生活,让我感受了一个与中国完全不同的世界,打拼的日日夜夜我依旧能清晰记得,犹如发生在昨天。所以,很多时候人生就像手中拎的大纸袋,里面装着不同的梦,明明很沉,袋子的绳子勒得手指很痛,但人总把袋子一个又一个地累加。不过只要忍一忍,再坚持一下,人,无论在哪里,都可以实现自己的梦想。

2015 年
10
9 月小

艰难移民路（一）

　　十五年以前，愿意移民美国的人还很多。搁当时，移民美国是中国平民百姓可望而不可即的事情，除非你是高级知识分子或考上公派留学以及随亲属移民，总之是没点儿路子你移不了民。那时候的中国和现在的中国，那时候的中国和那时候的美国相比，差距还很大。而现在呢，已发生了深刻而巨大的变化，双方一签就是十年的自由往返证，谁还愿意离开自己的家乡去体验艰难的异国奋斗路呀？当然现在还有人愿意移民，但和原来的移民潮相比，已大不相同。移民绝对不是一条容易的路，无论你采取的是哪种移民方式，其过程中的难度远比你想象的要大得多，我深有体会。

　　在美国，没有合法身份的偷渡客被称为"黑户"。中国有不少人为了自己心中的美国梦，不惜一切代价通过"蛇头"的运作，不远万里来到美国。老季是个偷渡客，与我同龄，上海人，身材标准，帅哥类型。

我初到美国时，我们住同一家旅馆同一个房间（每个房间六个人）。老季现居弗吉尼亚，刚刚把老婆孩子从老家接过来不到一年。在这之前他们有长达十一年的分居，那是一段艰难的人生旅程，因为当时的老季还没获得绿卡。老季当初是跟随一批福建偷渡客来到美国的，其间千难万险，吃了不少苦头：从香港出发，辗转了两三个月才到达美国，这期间老季人都瘦了一大圈儿。当初在国内他是个买卖人，到美国之后由于语言不通、人地两生，只能到华人餐厅打工。老季从最低级的杂工开始，慢慢做到切菜工，然后又学习打荷、站灶，一步一步升上来，非常不容易。这期间为了躲避警方对身份的盘查，老季辗转了几个城市，最后定在了纽约，因为在纽约只要你不犯罪，警察很少会查移民的身份。对于当时还没有身份的老季而言，纽约简直就是天堂。工作稳定后，老季想到的第一件事就是找律师申请庇护，获得美国身份，将妻子女儿接过来。这离老季离开国内已经过去了三年多的时间。这三年对于老季来说异常艰辛：孤身一人在国外格外寂寞，还有一天十二小时以上的工作需要应付，导致他身心俱疲。最倒霉的是，因为做切菜工还落下了腰椎间盘突出的毛病。当时的老季觉得，每个月只有给家里打电话、汇钱的那一天，才是真正活着，剩下的日子自己就是行尸走肉。老季是典型的上海人，聪明，有头脑，按照上海人的说法就是：任何事情都要算账的呀。

听说弗吉尼亚办庇护办得好，又便宜，老季就离开纽约跑到弗吉尼亚。经过考察，讨价还价，三千美金请律师受理了他的庇护。他找了个餐馆，边打工边准备律师需要的材料。在此期间老季谨小慎微，连门都不太敢出，生怕上街遇到什么事儿，影响到申请的结果。苍天不负有心人，一年后老季成功将老婆和女儿接到了弗吉尼亚。本以为幸福就要来临，但结果却是由于常年的分居，夫妻二人已经开始生疏了。加之老季夫妇并没有太多积蓄又不太懂英文，二人只能不停地做一些比较低端的工作,老婆觉得生活远不及当初在上海时那样自在快乐。终日忙碌的夫妻也没有时间交流,更不用说去旅旅游、看看自由女神之类的了。妻子不时地抱怨,想要回上海。老季也嫌妻子不能理解自己的辛苦。但随着时间的流逝,老季一家似乎慢慢适应了这种生活,生活步入了正轨:首先是积蓄多了,又有了合法身份,老季开始着手开一家自己的餐馆。这让他非常忙碌,也非常开心。不少好哥们儿,无论是有合法身份的还是"黑户"都赶来帮忙。老季的妻子也可以不用再外出打工,而是在自家店里帮忙。女儿也过了适应期,开始变得活泼起来,小孩学习外语就是快,现在已经常在家里教老季两口子英语了。

对于未来,老季说:"即使面临风险,以后我的餐馆依然会招一些华人'黑工',因为我知道'黑户'的生活有多苦,给他们一个机会,就是给他们一线希望。"

老季一家三口艰难的移民路算已修成正果,可个中甘苦谁能体会?如果是你,你还会选择移民吗?当然,如果你在国内已经很有钱了,移民对你来说要容易得多。

2015年
11
9月小

艰难移民路（二）

我家有一邻居叫安妮。今天上午在 DMV（车辆管理局）遇到她，排队的时候聊了几句，得知她的两个孩子都是"洋留守"：虽然在美国出生，有美国身份，但由于安妮和丈夫根本无暇顾及孩子，所以只能把孩子送回福建老家。安妮和丈夫以开餐厅为业，当初盘下这家餐厅时他们借了不少钱，有些还是高利贷。现在两口子像上了发条的钟一样，二十四小时连轴转。安妮的两个宝贝女儿都在出生三个月的时候被送回国内，由娘家妈妈照看。安妮就是因为作为妈妈再也受不了想念女儿的痛苦，才决心尽快赚钱将女儿接到美国来，不惜借债将餐馆开了起来。

他们的小餐馆开在二十四小时运行的地铁出口，饭菜价格低廉分量又足，生意不错。这样的餐馆纽约有数千家，多数是华人开的。而开餐馆的华人中，大多数又是像安妮这样的福建人。

当时来美国的时候安妮没想到会这么苦,她是怀着"美国遍地是黄金"的美梦才决心来美的。为此,她先是在国内跟亲戚借钱找了偷渡的"蛇头",又从福建一路辗转经过南非、瑞士、西班牙,最终到达墨西哥并入境美国。这趟约九千英里,乘飞机本来只需花费十二个小时,安妮走了足足半年,其间还因护照问题被困在墨西哥监狱。当时被查出护照有问题的时候,盘查人员一直不停地审问安妮:"你到底从哪里来?你的真实年龄到底是多大?是谁在帮助你完成这些事?"安妮只能保持沉默,一句话都不说,她当时心里害怕极了,几乎每天都要哭,直到被保释出来。

正是偷渡过程中的这些磨难,使安妮更加坚强。和多数没有语言基础的"黑户"一样,她来到美国的第一份工作是在华人餐厅打工,干老爷们儿才能干的端油锅炸食物的角色,同时兼着杂工的活儿,历经磨难的她珍惜能在美国工作的一切机会。话不多,爱笑,能吃苦,这个可爱的姑娘被同在餐厅打工的华人小刘看在眼里。小刘是早几年偷渡到美国来的,他比安妮幸运,当时已经得到了合法身份,英语也好,在餐厅担任经理。他向安妮表达了感情,并最终给了安妮一个家。说到家,也不过是别人的房子——安妮和小刘并没有在美国买房,因为他们身上的债太多了,先帮安妮还清了偷渡时借的债,接着又要还盘店面的债务,这使他们即使没日没夜地连轴转也没能落下什么积蓄。

但开餐馆好歹算是自己当老板,赚钱还是蛮快的,安妮觉得还清债务并不难,还能攒下一笔钱,接女儿来美国上学,让女儿接受好的教育,不用像他们一样一辈子只能在社会底层挣扎。"这是我最大的梦想。现在偷渡的人越来越少,我很少碰到比我年龄小的偷渡者了,大部分都是有身份的。有的是读书的,有的是随亲属移民。"安妮说,她希望女儿能够读大学,有机会步入美国的主流社会。

华人偷渡客一般文化水平有限、英语不好,但他们肯吃苦、能干,用自己辛勤的汗水和勤劳的双手不断追赶着美国主流社会的身影,为自己的后代铺垫好了进军美国的道路。这就是第一代移民所走的路,至于他们付出的代价是否值得,冷暖无人评说。第二代移民,生在美国长在美国,他们全方位地接受了西方的教育,但由于他们的父母是中国人,在他们骨子里布满了中国人的痕迹,再加上他们黑头发黑眼睛,站在外国人堆儿里怎么看他都还是个中国人,在有些场合,他们依旧逃脱不了尴尬。

2015 年
12
9 月小

适合国人的大都市

　　今天到法拉盛办事,在某家店里喝了杯咖啡,看着窗外的人流一波高过一波,我在想,纽约应该是最适合中国人居住的一个国外大都市了,这里不光有着异域的风光和先进的设施供我们享受,关键是还有最好吃的中餐,可以说你在中国能吃到的,在纽约基本上都能吃到,而且做得特别正宗。中国人习惯的理发馆、美容店、洗脚店、桑拿浴、KTV(配有卡拉 OK 和电视设备的包间)、茶馆等,这里也几乎应有尽有。

　　街道上像中国一样,绝对不像美国其他城市那样一尘不染。第一次来纽约的中国人会十分惊讶,原来美国人也会乱穿马路,到处扔白色垃圾。在美国其他城市顶多有一个中国城,而纽约竟有四个中国城,最后发展起来的法拉盛,已经成为全美最大的中国城。法拉盛地区的街道上,所有的店面一律有中文招牌,路两旁走动的人群,十人中最少有八名是中国人，谁都能讲几句普通话，你根本不用担心有任何语言障碍。

相比美国其他城市，芝加哥有点儿太冷淡了，洛杉矶有点儿太阳光了，波士顿有点儿太知识分子化了，迈阿密又太热太悠闲了。纽约，几乎包含了所有城市的优点和缺点，每个人都各善其事地活着。而在纽约买房更为简单，无非是两种，一是为了投资保值增值，二是为了工作定居。听我的地产经纪人朋友说，这两年在纽约一些新楼盘中，总能看到很多中国买家的身影。跟媒体所形容的一掷千金的景象不太一样，我看到更多的买家还是带着国人一贯的谨慎和小心。

他们大多数由华人房产经纪领着，手里准备了一张张数据表，比对价格，观察朝向，分析地区环境。有些美国白人房产经纪人甚至也略通风水，他们知道中国人爱朝南的房子，客厅不能有柱子，门口最好有河经过，真是摸透了中国人挑房子的脾性。在中美两国互放了十年商务旅游和五年学生签证后，中国公民到美国来一场说走就走的旅行已经非常容易。中国人在纽约逛街旅游，顺便看看房子，也不再是什么麻烦事了。

根据多家房产网站包括 Trulia 和 StreetEasy 最新发布的数据来看，纽约房产的每套均价已经达到三百万美元，而中间值也达到了一百万美元左右，均价每英尺在一千五百美元左右（相当于每平方米一万五千美元），比上海市静安区和北京市东城区的平均房价高出一截，却还比不上伦敦和香港的水平。每英尺均价比去年同期增长了一成，比金融危机最惨淡的时候涨幅超过了两成半，但离曾经的楼市最高点还有距离。很多房产内行预测，如果想要从纽约的房市中大捞一笔，那就冲贵的去买。因为纽约不像上海和北京，曼哈顿岛上能被开发的新地块寥寥无几，因此好房子地段和面积都是很稀有的，拿一套少一套。

2015 年
13
9 月小

在纽约买房

　　纽约,这个既是天堂又是地狱的城市包容性特别强,对来自地球任何一个角落的造访者都能微笑接纳,并非单纯偏爱富商与金融家,一些中产阶级也可以通过贷款在曼哈顿买一处不错的公寓。中国人应该是在这里买房最多的外来者,尤其是改革开放以后,来纽约买房子的中国人络绎不绝。听说五年前有一位大哥在海边买了一栋别墅,一张卡刷出六千多万人民币,结果没想到还要付地税,每年还要十来万美元。

　　中国人在这里买房子,一个最大的障碍是因为缺少信用记录和工作履历,美国本土的几大银行无法放开对其的房贷。全部房款都得整成现金,要不没办法过户。现金准备好后,就要找可靠的房产经纪人(Broker)和律师(Real estate attorney)。在美国这样高度精细化和资本化的市场,很多时候你可能已买下了房子,却一次也没见过卖家,因为卖家把所有事务都委托给律师和房产经纪人了。一个精明并且富有经验的房产经纪人绝对就是你的"悟空",他会在买房的过程中一路跟随,三头六臂:筛选房子,跟卖家讨价还价,申请楼管会手续,参与规范合同,以及最后的成交。

可靠的房产律师简直就是黄蓉之于靖哥哥了,他机智聪明,为你保驾护航,帮你敲定合同,查缺补漏,在买卖过程中最大程度地保护买主的权益。在房产经纪人帮你挑选到满意的房子后,定下价格,就进入了法律程序:首先要将首付款打到律师的第三方账户上;其次是向楼管会申请文件递交,核对合同;最后将全款付清,交接产权,拿到DEED(成交合同)。同时要特别注意的是,纽约州的法律一切以DEED为主,政府所做的只是记录在案,并不是法律纠纷的仲裁机构。这跟中国人做什么事情都以政府为准是不一样的。

纽约的公寓通常也有不同的产权明细,有 Condo 和 Coop 两种。Condo 就是全产权拥有,而 Coop 则是个例。一般来说 Condo 跟在中国买公寓手续差不多,申请买房被拒绝的案例少之又少。而 Coop 则需要比较繁复的申请程序,一般都有住户委员会,由楼里享有声誉的住户担任,通常也是各个行业的精英名流,他们负责审核你的购买申请。在电视剧《绯闻女孩》里,丹得到了政商界名流 Chunk Bass 先生的推荐信,他夸赞丹年少有为、涵养得体,丹才得以入住上东区高大上的公寓。而现实中,做派颇有争议的帕丽斯·希尔顿小姐,就在纽约很多的 Coop 吃过闭门羹,于是只好去中城南买了一套四百多万美元的 Condo,带一个大露台,供她每天衣香鬓影,Party 不断。在美国其他地方也有所谓学区房的概念,但在纽约"学区"的概念被弱化了。在曼哈顿区更多的是注重社区文化和街道的概念,有时候相隔一条街、几排房子,房价却差了好多。而在昆士、布鲁克林、长岛等地则更重视学区房,学区好,地税就高,你孩子受的教育也好。依我看,美国就是一个纯粹的金钱社会,非常典型的资本主义国家,有钱什么都 OK,没钱什么都是 No!

2015 年
14
9 月小

纽约——行走中的城市

今天上午去了曼哈顿和皇后区,下午去了长岛鹿园的奥特莱斯大卖场。阔别五年后,纽约人的生活习惯几乎没有什么大的改变,自行车、摩托车、汽车和地铁仍是人们出行最重要的交通工具。行车道越修越多,行人通道越变越窄,行人的地位每况愈下。然而就在出行方式新老交替的今天,纽约的行人却依然昂首挺胸、大踏步地穿梭在大街小巷。他们通过行走体会生活、交流情感,为世界传达出纽约人特立独行的生活态度,以及这座城市超凡脱俗的魅力。

如果说行人多的城市可以被称为"行走中的城市",那么费城和波士顿也可以享此美誉。但纽约的行人非常不同,他们不仅行走在路上,还行走在时间和空间里。行走是纽约人的标志,但"行走中的城市"这个美称并不是自古有之。19 世纪,纽约人认为伦敦和巴黎是全世界最具个性的城市,纽约人为了彰显自己的个性,早前在街头是这样行走的:没有特定的交通规则,行人可以自由行走。道路上没有任何交通标牌,人们只能通过手势和言语表达自己的行走意图,从而形成纽约独特的街头文化。

如今在交通规则的约束下,人们不得不走直角线,而过去的纽约人十分喜欢自由自在地走对角线。那时的纽约街头只有四轮马车,马儿产下的粪便让时尚的纽约始终弥漫着一股臭烘烘的味道。虽然没有交通规则的制约,但当时纽约城井然有序,路面交通十分顺畅,很少出现交通事故。

电梯的出现彻底改变了纽约人的交通方式。在电梯还未出现的时候,因为人们的体力有限,楼房最高修到六层。电梯出现后,纽约市中心的摩天大楼拔地而起,人们蜂拥而至,纽约的街道有了从未有过的忙碌。高楼大厦挡住了阳光,纽约城陷入一片黑暗,行人们苦不堪言。1916 年,纽约市政府颁布一条法令:新建的高楼大厦不得挡住照射在人行道上的阳光。纽约行人的霸主地位由此确立。

尽管纽约的风貌每天都在变化,但当行人穿过熟悉的街区时,他们依然能感受到这座城市的历史韵味。如果你曾在纽约街头拍照,那你一定会发现镜头里现在的景象和几步之前的十分不同。你看到的景象并不是一成不变的,而是由众多小画面组合起来的动态图。街道并不仅仅包含过往的车辆、周围的建筑物和密集的人群,她还将这些事、物、人紧密地连接起来,呈现出一幅生活图景。一些事物消失在行人的视野中,又有新的事物映入眼帘。

你行走的时候,车在行驶,太阳也在缓慢移动。而在这个移动的环境中,你必须果断地决定何时按下快门,因为几秒过后眼前将是另一番模样。在纽约行走,是纽约人与生俱来的特权。即便没有钱、没有学历、没有亲人,纽约人依然享有行走的权利。但这种肆无忌惮的行走也存在很多隐形的危险,交通事故死亡率居高不下,新上任的纽约市市长白思豪的"零死亡愿景"让纽约迎来了行人地位高于驾驶员的时代。

交通局对上百个十字路口做了重新检查和评估,试图研究出减少交通事故发生的方法。20世纪的道路工程师在建设道路时考虑到的仅仅是如何节约资金、如何节省时间、如何为车辆开辟出更多的空间,完全忽略了行人的安全问题。而如今的道路设计者则更关注行人的行走意图,以行人为导向设置交通标牌和红绿灯。

如今,行走已成了纽约文化的一种标识。为了体验这种行走文化,下午,我专门从道格拉斯顿走到春天大道,走了两三公里。到红绿灯路口,不管该不该车行,驾车者只要看到步行的人,一定会等你先过了再走。

2015 年
15
9 月小

曼哈顿中央公园

　　从昨晚开始,绵绵的秋雨就不停地洒落,我一早驱车来到曼哈顿中央公园。每次到纽约都要想办法感受一下这里的气氛,哪怕几分钟都行。从长岛回来就直接开到中央公园,被丝丝雨水泡透的公园,一切清新无比,感觉特别好。

　　中央公园已有一百多年的历史,是一处人造奇迹,也是世界上最著名的公园之一。她不仅是美国建造的第一个大众公园,而且也是旅游胜地之一,据说每天平均七八万游客光顾。这里不仅是运动员、空想家、音乐家和婴儿车的乐园,更是候鸟迁徙的避风港。只要有时间,你可以整天来这里休闲漫游,观赏不同的喷泉、纪念碑、雕塑、桥梁和拱门。公园紧靠第五大道和大名鼎鼎的大都会博物馆。这里游乐设施非常丰富,可以满足你的各种需求,是一个健身的理想场所,一个庞大的丛林健身房。这里到处都是成群结队的跑步爱好者,很多人会来这里晨跑。

纽约本来就是全球跑步普及率最高的城市之一,世界六大马拉松大满贯比赛之一的纽约马拉松是全球最大的马拉松赛事,中央公园是这项赛事的终点所在地,据说这是因为公园里有各种地形和出色的风景,是跑步爱好者梦寐以求之地。中央公园凭借其地理优势,有难易程度不同的多条路径,在这个风景如画的城市绿洲里,跑步爱好者能够体验到清新和自由。沿着杰奎琳·肯尼迪·奥纳西斯水库跑一圈,城市的天际线会尽收眼底。

中央公园跑步的路径四通八达,跑步路程可长可短,基本上什么时候都可以去跑,非常方便。跑步时,你会发现不少男生都不穿上衣,光着膀子跑,据说在纽约光膀子跑步是一种时尚,也算是一道奇特的风景线。哈得孙河绿道是纽约最著名的跑道之一,从曼哈顿南端的 Battery 公园到乔治华盛顿大桥下的小红灯塔,这条线路共计十一英里。

哈得孙河绿道在曼哈顿最西边,是沿哈得孙河岸的一条公共通道。这条通道穿越哈得孙河公园和滨江公园等著名景点,沿河两岸景色诱人,尤其是夕阳西下的时候,阳光照射在河岸以及建筑物上,景色非常美丽。融入其中,天人合一,绝对是跑步爱好者的理想之地。

个人认为,纽约大街的人气是唯一可以与中国大城市齐名的。在时代广场,四周建筑物上都有巨大的电视屏幕,中国的广告和新闻也成功打入了这片领地。

在马路中间,我很惊奇地发现了二战水兵亲吻女护士的著名雕像。今年是二战胜利七十周年,这尊雕像是七十年前发生在时代广场的真实情景,代表了战胜日本法西斯的喜悦心情,成为二战胜利的象征。时代广场地面的脏乱差超出了我的想象:垃圾袋堆放在人行道上,垃圾桶装满了垃圾而没有人清理,周围地面洒满垃圾,有的街面上还能看到生活污水。这实在是有损国际大都市的光辉形象,个人认为这些问题完全是可以改进的。不知纽约最近怎么了,以前从未这样。

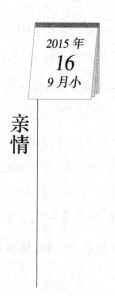

2015 年
16
9 月小

亲
情

　　亲情是一束照射在冬日里的阳光,能让贫病交加的人感受到人间的温暖;亲情是广袤无垠沙漠里的一股清泉,能使濒临绝境的人重获生存的希望;亲情是一首动人的歌谣,能使心灰意冷的人获得精神的慰藉;亲情是久旱之后的甘霖,能使悲观绝望的心获得滋润……亲情就是亲情,任何东西无法代替。一家人长期腻歪在一起时,可能感觉不到亲情的分量,而一旦缺失了就会感受到她的珍贵。就像海潮放远了听才觉得深邃,山峰放远了望才觉得秀美,忠告放远了品味才觉得亲切,友情放远了回忆才觉得珍贵,亲情只有在离别时才觉得依依不舍、心痛万分!

　　哲人说距离产生美。我已经离开了那片土地,但是那些回忆我无法忘记。也许人生最痛苦的事情莫过于离别了,无论是爱情、亲情、友情,还是其他任何真挚的情愫,离别都会使人感觉到撕心裂肺的痛。

而这次,我感觉到的是无法言说的割舍,即便是短暂的分离。

虽说距离产生美,但没了亲人对你的包容、疼爱,没了日夜的相守与陪伴,真的会觉得人生毫无意义,甚至觉得已经无法正确地认识自己、感悟生活。无论在中国、在美国,还是在公司、在社会,每当与亲人、友人分别,我都有一种天旋地转的感觉。憋在心里好难受、好痛苦,这种苦和着泪水,只能埋在心底,听任眼泪滴答滴答地落下,觉得苦慢慢涌现在喉咙处。

我们趋行在人生这个亘古的旅途,在坎坷中奔跑,在挫折中涅槃,忧愁似乎缠满全身,痛苦仿佛飘洒一地,你累却无从止歇,你苦却无法回避,很多时候只能打掉牙齿往肚里咽。但可以深信,亲情与生俱来,源于血缘,又不囿于血缘,经得起物欲的考验,是最持久的动力,是最无私的帮助,是人生路上最清晰的路标。

2015 年
17
9 月小

信步新乡商业区

　　自八月底飞纽约,到匆匆归国,转眼半个多月就没了,时光飞逝。

　　十三个半小时的跨时区飞行,生物钟被大幅度扭曲,时差综合征让我难受无比。

　　沏一壶金骏眉,听一曲喜欢的歌,翻阅着岁月的记忆,刹那间生活中的喜怒哀乐弥漫心底,一切仿佛回到当初……在那些寂寞的时光里,总有一些人进入我们的生活,成为人生不可或缺的一部分。可有些人也注定是我们生命中的过客。回想这一年来的经历,好像一场又一场梦境,戏剧般曲折,艰难而动人。记忆好似一根悠然纤细的长线,平平静静地承载着所发生的一切,联系着旧时或温暖或悲伤的画面,其间又似乎遗忘了一些或喜或悲的回忆,形成了记忆中的空隙……沧桑的白天,凄惨的黑夜,我都在守候着一声声叹息。坐在昏暗的角落,疯狂地思考前行的路。心,颤抖在每个无聊的场景和凄苦的时刻,冰冷的现实如辛酸的泪水一滴一滴充满着无尽的苍凉,将无助的寂寞与悲哀层层拨转……

我决定去逛逛新乡老城的商业区。

家住开发区,距市区挺远的,但兴致来了就义无反顾,徒步出发,在马路上暴走,一会儿便满头大汗气喘吁吁了。

逛街就是不断寻找自己感兴趣的东西,在钱包允许的范围内把那些喜欢的东西买过来。据说,逛街是女人的专利,男人最多是一种陪衬,但今天我算个例外,一是老婆不在身边,二是自己兴趣所致,所以特别精神。

先是逛平原路的胖东来,从一层到四层没什么商品引起我的兴趣,五层倒是让我兴致大开,一百元人民币买了张卡,见小吃就品尝,简直像个孩子,单台湾香肠就吃了好几根,面皮、米皮、麻辣烫等各种小吃应有尽有,不一会儿便把自己喂个肚儿圆。哈哈,要是小女在,我便可坐下来给她讲家乡这些名小吃的由来,可惜她却在地球的另一端。

从胖东来出来继续西行,天色已晚,华灯初上,摆夜摊的小商小贩占满了整个街道,也许商品的质量稍次一点儿,可便宜得多,胖东来超市一双袜子12元,而这里则10元4双。我信手就是8双,才20元人民币。想起纽约19.99美金3双,张大嘴巴倒吸一口凉气!这也许就是凯恩斯国民经济再分配的平衡论吧,钱多和钱少都能生存,穷人的幸福指数可能高过富人。驾名车、住别墅、大把花钱,愿为自己心仪的东西一掷千金的富人不一定天天春风得意,买廉价袜子的穷人不一定不幸福。可当穷人为家中柴米油盐精打细算的时候,也许会或多或少地憎恨自己的生存状况。很多人总说,钱多少是个够?够花就行了。可往往又韬略算尽,想方设法地赚钱,甚至不惜损害自己的健康。唉,人类,真是难以理解!

百货楼附近,地摊上在卖装脏衣服用的塑料篓,色彩繁多,造型精致,每个只卖20元人民币,稍作还价,便30元买了两个。十字路口往南走,没几分钟就到了健康路的胖东来,三楼超市逛了几圈,买了4大桶洗发液,服务员又奖励两把雨伞,便结账下楼回家,4桶洗发液放在塑料篓里,拎着很重。于是摆手拦的士,12元送至家门口,进家,看父,洗漱,冲凉,半倚床头写下了今天的逛街感受。

纽大、哥大及普大

　　倒时差,很难受,白天一直迷迷糊糊,晚上则兴奋起来,就顺手拿起关于纽约大学的一本书来看,蛮有收获,也让我想起了纽约大学及其附近的著名学府。

　　纽约大学的创办人是托马斯·杰斐逊总统时期的财政部长,他说过一句响亮的建校宗旨:"在一个巨大并且快速发展的世界性大都市中,建立一个充满理性和富有实践精神的教育和学术系统。"纽约大学始于一群热爱教育的纽约市民,当时为了把教育普及给广大的纽约市民,再加上当时伦敦大学的成立,纽约市民认为应该创立属于自己的大学,于是纽约大学诞生了。在超过一百五十年的岁月中,纽约大学成为众多著名学者、艺术家和作家的摇篮。纽大地处曼哈顿岛上华尔街的写字楼里,根本没有校园,学生与上班族一起等电梯,楼下就有星巴克,穿衣风格也非常时尚,真是一所酷学校。

纽大的综合排名在美国一般,但其金融、媒体等专业很不错,特别是有个 Stern 商学院,可谓威名赫赫,几乎可与宾大的沃顿商学院相提并论。美国大学本科有商学院的不多,普通商学院的学生素质也不如其他专业的好,Stern 是少有的优秀本科商学院,占尽华尔街的天时地利人和。

纽大不过尔尔,但架不住中国人爱读,很多富二代对纽大情有独钟。这些人绝大多数考不进 Stern,选择纽大很大原因是喜欢纽约的都市气氛。中国的富二代多在北京、上海、深圳等城市长大,适应不了康奈尔、布朗这种水平高但地处偏僻的学校,选择纽大自然而然,而且还能相对容易地找到华尔街的实习机会。这些学生通常租住在纽约的繁华地带,有些甚至住在公园大道、第五大道附近,过着奢侈的生活。说实在话,纽约这个地方太喧嚣,不适合做学问。从上海来纽大的 Brenda,除掉一年五万多美元的学费外,光是房租每月都要三千美元,住在上东的一居室,还有每月与朋友吃饭要花一千美元左右。"纽约的好馆子太多了,我准备花四年大学时间,把它们全吃一遍,写本书。"她家在江苏有工厂,这点儿钱不算什么,写书也是很好的成就,当然她更大的消费是去纽约郊外的 Woodbury Outlets(美国东部最大的品牌特卖场的名称)买名牌。纽大是很会挣钱的学校,在上海的分校 2014 年已经开张,还要在阿布扎比开一个比美国本部更酷的分校。这是好事还是坏事?反正哈佛从来没有开过分校,似乎也没有要开的打算。

纽约市区更有名的学府当然是哥伦比亚大学。据说,哥大是中国官二代最喜欢的学校,中国官二代选择哥大的主要原因也是因为纽约。虽然该校地处黑人区,但并不妨碍这是一所人人向往的常春藤,就像耶鲁地处纽黑文。有趣的是,虽然哥大地处纽约,却是以新闻、历史、法律等人文学科著名的学校,文艺气息浓厚,典型的哥大学生是文气睿智、满怀激情地为世间打抱不平,为公平正义而奔走疾呼的知识分子。去年感恩节之夜，我朋友的孩子在上西区一位哥大女生家度过，该女生中学毕业于北京景山学校，在哥大二年级结束时，她回到北京，在《艺术圈》杂志等处实习一年，现在又回到哥大继续上三年级。她的业余爱好包括摄影、烹饪等，她们六人的感恩节大餐由她一手操办。她是人人网上留学生圈里的红人，现在的室友是一名作曲系的学生。在提到娱乐明星等八卦话题时，留学生们均表示没有太大兴趣，原因之一就是能考上这些顶尖名校的人，都不是等闲之辈，不用再去羡慕及谈论别人。

既然说到纽约的大学，不能不提新泽西的普林斯顿。该校离纽约很近，2015年的排名超过哈佛，位列全美第一。爱因斯坦的家就在这里，房前地上刻有爱因斯坦的名字，但字迹已经模糊，路人也习以为常，并不特意停留。这座房子现在由他的孙子居住。看过电影《美丽心灵》的人，都了解博弈论创立者纳什的故事，他的家在火车站附近，生前他与老伴一直住在这里。普林斯顿校园很美，学校的招生规模相对较小，面积却巨大，充满宁静的田园气氛。这里有一幢神奇的学生宿舍，有十多名诺贝尔奖获得者曾在此居住。普林斯顿的崛起，很大程度上是由于二战期间大量犹太裔科学家的到来，比如爱因斯坦。仅从外表看，这里就是一片桃花源。

2015 年
19
9 月小

人生的前后台

　　还是时差的原因，中午与几个朋友小聚，精神不济，困倦难忍，但还是硬撑着，努力把午餐进行到底。午餐后，本想回家休息，一知心朋友电话约我喝茶。由于他知心，不用拿捏，我就直奔茶楼，没有废话，两杯茶没喝完就一头栽在沙发上睡着了。朋友啥也没说，静静陪我两个小时。等我醒来，他重新为我泡上茶。"你不该再这样忙碌了，身体是一切的本钱，该好好歇歇了！"把茶端到我跟前说。这就是知心朋友，不用装客气、说感谢，不用有任何顾忌，可以完全展露一个原本的我。的确如此，真正的友情是用心来体会的，是用爱来感受的，不用语言，也不用客套的外衣。

　　人生就是这样，犹如舞台，有前台，也有后台。

　　前台就是粉墨登场的时刻，费尽心思化好了妆，穿好了戏服，准备好足够的台词，端起了代表形象的架势，调整好应该运用的呼吸，一步步走上舞台,使出浑身解数,该唱的要五音不乱,该说的要字正腔圆,该表演的要淋漓尽致。也就是说该哭哭该笑笑,整个情绪必须把控得恰到好处,男人要阳刚女人要阴柔,即便是装也要装出个样子来,从而博得满堂喝彩,达到名利双收的目的,然后踌躇满志微笑谢幕。

然而,当你回到后台,脱下戏服,卸下彩妆,露出疲惫时,后台如果有一个朋友在等你,能和你说几句真心话,道一声辛苦了,或默默交换一个眼神,这也许比前台的满堂喝彩都要受用,而且十分必要!

后台的朋友是你心灵的休憩地,在他面前,不必化妆、端架子,不必装腔作势,可以说真话,泄气话、没出息的话,可以让他知道你很脆弱、懦弱,表露你的不足、失误、缺憾和惧怕,倾诉你所有不敢流露在前台的懈怠。你可以毫不掩饰地告诉他你每次走入前台时的紧张和厌恶,因为你知道后台的这个朋友只会安慰和鼓励,不会耻笑你,不会奚落你。在他面前你早已不需要用形象代言,也愿意继续没有形象。比如我不喜欢穿西装,因为没有休闲装舒服,但在正规场合,我还真的需要穿上这些正装。后台就不一样了,你可以完全恢复你本来的面目,有时候夫妻都不能完全做到,但知心朋友可以接纳你肆无忌惮地暴露你的所有。

依我看,无论是谁,不管你愿不愿意承认你的前台与后台,你既需要前台的精彩、掌声和叫好,更需要后台的放松、安详与默默支撑!

2015 年
20
9 月小

中国餐饮文化小析

中国的饮食文化,底蕴丰富、形式多样,比如,一道菜就是一种文化的体现,能诠释很多文化内涵。如今在世界各地都能看到中国人的身影,中国餐馆全球开花,中国饮食文化对人类的影响之大之深显而易见。

以我个人的理解,就近百年来的中国饮食文化而言,"吃了没""吃的啥""在哪儿吃的""和谁吃的"这四句问话最能体现中国饮食文化的时代变迁,以及面子文化的精髓。

第一句"吃了没",在穷困潦倒的年代出现频率最高。记得小时候在山沟里的老家,大人们相互问候时常说这句话。这句话的意思很简单,主要是出于对对方的关心,问你吃过饭了没有,如果没的吃可给点儿接济,因为我家还有一些红薯或窝窝头,可帮你应应急。如果别人吃过了,而你还饿着肚子,说明你家比他家穷。

第二句"吃的啥",就上升了一个层次。也就是说温饱问题已经解决了,主要问对方吃的好或者坏,是大米、捞面还是山珍海味,谁吃得好,证明谁的生活水准提高了,从而也证明他家的社会地位比较高,他更有面子。比如他吃的是奶汤金钩翅、红烧海虎翅、木瓜血燕等稀缺昂贵的菜,喝的是茅台外加路易斯,而你吃的还是家常便饭,那你们之间的差别就大了,他的身份地位相对就比你高了很多。从这里延伸出中国绵延至今的互比文化,从吃的好坏上也要比出个高低,明不比暗比,你不比他比,个人不比群体比,非比出个结果来!

第三句"在哪儿吃的",又提高了一个层次。这个阶段,吃了没、吃的啥已经不再重要,关键是在哪儿吃的,"在哪儿吃"已经成了吃饭的重心和主题。在家吃、在地摊吃、在饭馆吃、在普通酒店吃、在五星级酒店吃、在最著名的什么地方吃,在北上广深吃、在纽约吃、在东京吃、在巴黎吃、在钓鱼台国宾馆吃,等等,都蕴含着大不相同的政治、经济、文化含义。这个时候,吃的什么已经不是主要内容,哪怕你在纽约的帝国大厦上只吃了一个热狗,或是你在迪拜的六星级酒店就喝了杯咖啡吃了个甜点,就比在北京某面食馆吃顿大餐显得高贵。在哪儿吃,成了身份和地位的缩影。

第四句"和谁吃的",更是上升了一个层次。你和国家领导人一起吃饭,你和省长一起吃饭,你和市长一起吃饭,或者你和关系友好的邻居一起吃饭,你和情深义重的同学一起吃饭,你和公司的同事一起吃饭,前者和后者的区别大相径庭,尽管实质上没什么不同,都是吃了顿饭,可总会有人把其意义延伸到纲举目张的程度。哪怕你和国家领导人在中南海的小餐厅喝了碗小米粥,也很可能会被传播得家喻户晓,诸如此类你不想比也得比,非给你比出个三六九等,这就是中国吃文化演绎出的社会亚文化。

这四句有关饮食文化的阐述,在中国人的灵魂深处已打上深深的烙印,其象征意义被演绎得淋漓尽致。八项规定等举措也许能限制和约束国人在饮食上的铺张浪费,但要想彻底改变社会文化习俗赋予中国饮食文化的想象和象征,可能还有很长的路要走。

2015 年
21
9 月小

同学小聚

昨天晚上,几个辉县张村籍的高中同学小聚,地点选在风华路上的赵记烩面馆。

岁月匆匆,眨眼工夫已经是知天命的年龄了。本来这种小聚非常值得珍惜,气氛也会十分柔和,聊天内容也应是忆往昔峥嵘岁月,可事实却恰恰相反。

从军二十三年的那位同学,在部队曾当到副团级干部,此时已从部队转业十几年了,但依旧是不可一世的样子,说话像吃了枪子似的,口气很大,嗓门拉得十足,好像只怕别人抢了他的威风,盛气凌人道:"我是中国人民解放军××大学的建筑学硕士,当过副团级领导,我们张村乡黄背山高中毕业的同学,有几个能混到副县级?"不知他是为了以此标榜自己成就高,还是由于心里发虚而先为自己壮壮胆儿,那股不服来战的口气彻头彻尾地摆到饭桌上,弄得同学们都没话可接。

其实在部队当个副团级干部有什么值得张扬的？况且已转业多年。即便是现职，转到地方也不过是个副处级干部，真不该在此场合炫耀。

另一位同学是他的同村，辈分比他长，带着玩笑的口吻对他说："侄子，你确实很优秀，大家都知道！可今天我们还是聊点儿接地气的话题吧，别光聊学识和官职行不？"可部队转业的这位同学不耐烦地说："我就是这样的军人作风，从不会向任何人低头，我通过自己的努力当上了处级干部，你有这本事吗？"

面对这位同学的说话方式，在场的其他同学没有人再接话茬儿，同学聚会的气氛彻底毁了。

我在聚会开始时还说上几句，一看这情况，几乎没再说话。

这也许就是时间改变人吧，几十年没见面，真的感觉物是人非，陌生至极，聚会没多久就结束了，基本上是不欢而散。本来我有一肚子的话想和同学们聊一聊，可到最后也没说出来。

2015 年
22
9 月小

生从何来，死往何去

周日上午很清静，除了照顾老父亲，就是阅读慧律法师的著作，书名稍显沉重：《生从何来　死从何去》。这一话题不知有多少人研究过，但仍无定论。

那么，生命到底从何而来？众说纷纭，看法不一。很多人把生命的历程看成"来是偶然，去是必然，尽其当然，顺其自然"。也有人说，人是在无可选择的情况下接受了生命，然后在无可奈何的情况下度过了生命，最后在无可抗拒的挣扎下交还了生命。甚至连我们敬仰的圣人孔子也不知其然，只能说："未知生，焉知死？"但有些人仍会自发寻找生命的来源与去向，时常会提出"生从何处来，死往何处去"之类的疑问。对此，佛教是这样说的：生命是缘起而有的。缘起又是什么？就是由很多的条件因缘和合而生，不是单一存在，也不是突然而有。"十二因缘"明示一个人的生命是三世流转的，从过去到现在，从现在到未来,循环不已,这也是佛教和其他宗教的不同之处。人有生老病死,物有成住坏空,从哪里开始,到哪里结束,事实上没有起点也没有终点。

依我看,佛似乎也没有说清楚这一问题。我带着这个疑问,思考良久,得出了这样的结论:对"生从何来,死从何去"我们没有必要再研究,因为这是在浪费时间,再努力也只能以失望而告终,只要走好自己的路就足够了。其实经历了繁华与苍凉,就能慢慢地静默与成熟,你可以欺骗自己,也可以欺骗这个世界,但你始终无法隐瞒你智慧的内心。千万别以为凡事都有根源,凡事都有对错,悲欢都有交织,祸福总会相依。我们必须清楚,生命很短,若走,跌倒是磨炼;若停,岁月难赎回。生命如棋局,只有珍惜拥有并懂得舍弃才不枉今生。

歧途与创新

晨读,看到爱因斯坦在瑞士读书时曾问老师:"一个人究竟怎样才能在科学领域、人生道路上留下自己的闪光足迹并做出杰出贡献呢?"

老师被问住了,三天后才兴冲冲地找到爱因斯坦:"你那天问的问题我终于找到答案了!"老师手脚并用地比画了半天也没说清楚,于是他拉着爱因斯坦朝一处建筑工地走去,直接踏到刚刚铺好的水泥地面上。爱因斯坦不解:"老师你这不是领我误入歧途吗?""对,歧途!看到了吧,只有这样的歧途才能留下深深的脚印。"

从此,非常强烈的创新与开拓意识开始主导爱因斯坦的思维和行动。爱因斯坦曾这样说过:"我从来不记忆和思考词典或手册里的东西,我的脑袋只用来记忆和思考那些还没有载入书本的东西。"这也许就是爱因斯坦与常人的不同之处,所以爱因斯坦成了千年以来对人类贡献最大的科学家之一。

这个故事让我想起了"越愈"的老板康路女士,一个 80 后,她的思维模式与正常人就有很大不同。2015 年 9 月 19 日晚上她在自己的餐饮店门前,搞了一个"国际秋冬时尚趋势发布会",邀请社会各界名流参加,集新乡市时尚流行服装于一体,进行模特走秀,并主张全方位跨界经营。不太动脑筋的人看了也许会很纳闷:康路你做餐饮的与时尚服装有什么关系,为什么要在你的餐饮店门口搞时装走秀? 这不是风马牛不相及的事吗? 了解康路的人,或者善于动脑筋的人就能看出其中的奥妙来:这样做,第一为自己的餐饮店造了声势;第二前来参加的各位服装店员工无疑成了康路餐饮店的潜在消费者;第三资源达到了充分共享,为康路能进一步发展奠定了基础。一举三得,何乐而不为?

依我看,每个人都是自己命运的设计师和建筑师,要想有所作为,就不能等待幸运自己降临。世界上什么事都可以发生,就是不会发生不劳而获的事。好的创新会左右运气,甚至能成功地创造运气。要想让自己好运连连,就要精心谋划。所以,与其等待运气来敲门,不如主动出门去寻找它! 对真正善于创新的人来说,不论其生存条件如何,都不会自我磨灭自身潜藏的智能,不会放弃可能达到的人生高度。他会锲而不舍地去克服一切困难,发掘自己的最佳生长点,扬长避短,整合资源,朝着人生的最高目标迈进。

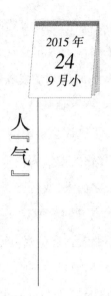

2015 年
24
9 月小

人『气』

　　人的一生,往往需要较大的梦想和目标来支撑,才能有所作为。

　　梦想与目标,对人的一生犹如给汽车加油,给时钟紧上发条,会产生前进的动力,所以才能转动不停。一个人没有梦想与目标,就会像船只没有导航仪,不可能在茫茫大海中顺利驶向彼岸。梦想与目标像开采能源一样,人精神领域的能源可以说是开采不尽、取之不竭的巨大财富。唯有为自己设定明确的目标,并坚定不移努力实现,才能为国家、为社会、为家庭留下可以自豪的贡献。

　　佛争一炷香,人活一口气! 人,那一口气非常重要。世间种种,都需要"有气"。"气"是什么? 就是我们的梦想与目标。战争需要有士气,读书需要有志气,做事需要有运气,做人需要有骨气,待人需要有义气,活着需要有勇气。无论人生处于哪个阶段,你都要靠一股"气"来支撑,没了"气"你就没了一切。

依我看,生命的尊严,不在于她的绚丽,而在于她能为后人带来的怀念;生命的意义,不在于她的长久,而在于她能为后人立下的典范。从这个意义上讲,一个想有点儿分量的人,始终都应该有"气"相伴。

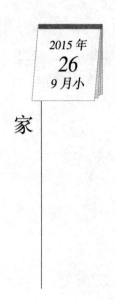

家

中秋节,古老而隆重。我们中国人历来把家人团聚、共享天伦看得极其珍贵,中秋节正好象征着家庭团圆,所以中秋节在国人心中的分量仅次于春节,有点儿像西方的感恩节。

在我的概念中,中秋,赋予我的更多是萧瑟,是悲壮中的落寞。没有太多的喜庆,也没有开怀畅饮的兴致,更没有品尝月饼的愉悦。因为中秋过后,紧接着就是耕地耙地,转眼就进入了寒冷的冬天。对于农村长大的孩子来说,冬季就意味着萧条的到来。孩提时代的中秋时节,唯一让我留恋的是,饥肠辘辘时,可以在满山遍野的柿树上迅速找到熟透了的柿子,还可以在枣树上觅到鸡蛋大的枣,柿子香甜,香枣脆甜,既可充饥,又可补充营养。在以后几十年的城市生活中,再没吃出过那样的味道、那样的感觉。

再后来,移居海外,对于中秋节团圆只能是一种奢望,因为离居住在故乡的父母太远太远。我住的格拉斯顿小区被大片森林环围,植物繁多,环境十分雅致。中秋时节,虽秋叶凝红,明月犹如玉盘,繁星满天,思念染透大地,也只能明月万里寄相思。海外游子的中秋夜,尽管也能遥望当空皓月,却倍感失落和怅惘,心就像只无处靠岸的小舟,只能在无助中漂泊。

我觉得,中秋节的关键是团圆,团圆的重心是家人,家人的核心是父母。对于我,父母就是我的家;对于我的孩子,我和太太就是他们的家。家是每个人心灵的归宿、灵魂的栖息地、永恒的避风港。中秋望月的最深刻含义,也许就是为了寄托对家人的思念吧。家,就是有父母带领着,至少要一年团聚一次。如果长久分离,尽管思念如初,家的概念也会在无形中被逐渐淡化,不管你是否愿意承认。

记得是刚回国的那年中秋,偶然的机会与老同学重逢,他深有体会地对我说:"当年,为了过上好日子,为了父母的希望,为了光宗耀祖,我离开家乡的亲人与朋友,去了澳大利亚,转眼十几年过去了,思念亲人的心都碎了,泪也干了,可真回到故乡,见到自己的亲人与朋友时,无论怎样都找不到当年家和家乡的感觉。"我听后没有作答,只是把酒斟满,与老同学连干三杯,因为我深有同感。

2015 年
28
9 月小

父爱无言

今天是农历八月十六,父亲的生日。父亲已是九十多岁高龄的老人,虽满头银发,但思维清晰,鹤发童颜。记得,父亲从八十岁那年开始过大寿,至今已有十几个年头,每年我们家族近门几十号人,都会参加老人家的生日宴会。我回国以来,每年与兄长一同操办父亲的生日。

在我心目中,如果说母爱犹如温柔而清澈的河流,那么父爱就是湛蓝而深邃的海洋。

父亲算是个文化人,虽说只读过两年私塾,但思维聪慧敏捷,几乎过目不忘,记忆力超好,到现在还能熟记几十个家族成员的电话号码。加上他注重学习,很多事情他看过就懂、见过就能做:可以五根手指打算盘,倒顺均可;可以用三根手指捏一捏,就算出三位数乘法的结果。用现在时髦的话来说,他是不折不扣的自学成才。在我们太行山腹地的小山村,谁懂的事理多、谁能干,谁在当地人心中就有影响力,说话就有分量,因此在辉县东北两个乡镇,大家都对我父亲敬重有加。父亲胆大而心细,又非常注重实践,打小就是农耕高手,犁耧锄耙样样精通,十几岁就是村里的骨干,打过日本鬼子,干过地方武装,二十出头就到乡里任职,支援过刘邓大军的太行抗日。新中国成立后,他担任县机关司务长,做过公社的财贸书记、农村信用社主任等职。离休后,仍做生意、开矿产。父亲绝对是个能人!

父亲对子女一向要求十分严格。从我记事起,我清楚地记得他从来就没有打过我,无论是我做错了什么,他总是很耐心地教给我做人的道理。我打捞一下记忆的湖泊,许多沉淀的往事一件件都历历在目。有一次,我用弹弓把村里一头牛的眼睛射瞎了,村里发现后告到家中,要罚八百元钱。当时的八百元是很大一笔钱,可父亲知道后,并没有严厉地打骂我,而是把我叫到面前,耐心地给我讲了"子拿父作马,父望子成龙"的故事。从那以后,我再也没有做过类似的事情,在同村同年的十几个小孩中,我在大人们的印象里虽调皮捣蛋,但品格还是比较好的,都说我是个诚实、善良、勤奋好学的孩子。现在想来,这些品质的养成与父亲的教育是分不开的。

父爱是中午温暖的阳光，总是无私地关照子女，使其心灵即使经历严冬也能不惧怕寒冷；父爱是一把温馨的伞，总是在我最需要时为我遮风挡雨。记得我小时候总饥饿难忍，曾常年喝生鸡蛋充饥，由于不够卫生，细菌感染使我患了急性黄疸型肝炎，差点儿要命。父亲从几十公里外步行赶回家，为我熬制绿豆水，然后步行几十公里请医生，和母亲一同照顾我，并对逐渐好转起来的我说："大难不死，必有后福。"从此我更深切地感受到，父爱是一座巍然屹立的大山，总是在我最需要的时刻将我的生命高高托举。

父亲对我的爱，是那样深沉、厚重、默默无声。从我小时候起，父亲就注意对我进行励志教育，他常爱说的就是"响鼓不用重槌敲""盼你成龙天上走，莫要变蛇地下钻"之类富有寓意的语言与故事，虽然那时候并未完全领会他话里的含义，但是我能体会到他的良苦用心。直到现在，父亲依旧常用能触动人心的名言警句激励、警示我。所以，我觉得现在的父爱如老秋的叶，火红透亮！虽然我已年过半百，子孙满堂，但我依旧喜欢享受父亲的关爱，依然能从老父亲那里吸收到更多的人生营养品，也非常渴望以我的实际行动来回报父爱。

看着我的老父亲，我觉得他还很年轻，不敢说"自信人生两百年"，但也巴望着他能健康长寿。我真心地祝愿我的老父亲能福如东海寿比南山！

2015 年
30
9 月小

替票贩子着急

今天,去北京的美国驻华大使馆办事。

我预约的是下午三点,两点钟来到大使馆门前,排队的人很多。由于持美国护照不用排队,我便直接进入大使馆二楼服务厅,然后把预约信件交给服务窗口的工作人员,就可以坐下来等待工作人员叫名字了。

在二楼坐着,可以看到一楼大厅正在等待签证的人群,满满的,一片人头攒动。我在想,我们的祖国已经很强大了,为什么还有这么多的人愿意去美国? 斜对面的以色列大使馆则门庭冷落,除了站岗的武警外,竟然没有一个人,反差极大。几乎是三点整,工作人员非常准时地喊到了我的名字。事情办得很顺利,三点十五分我已经走出使馆。

在女人街,我找到一家拌饭快餐厅,要了一份希腊烤肉拌饭,这饭名我以前从未听说过,烤肉与拌饭搞在一起确实有点儿奇怪。店主告诉我,这是他自创的,上过中央电视台,在北京已有十几家加盟店了,准备一年内在全国发展到五百家。说着话,他拿出一张广告页,指着二维码,让我关注他店里的微信公众号。

饭后,我用手机查看回程的机票与车票,一直到十月三日全部售空。糟了,脑子里闪出一个念头:今天可能回不去了!正犯愁,电话响了,是一位朋友打来的,他了解了情况后说:"你别急,只管往西客站去,高价票多的是,等你去了你就知道了。"

按照朋友的指点,我紧赶慢赶来到西客站北广场售票大厅,售票窗口几乎没有排队的,新乡、郑州都没有票,安阳、邯郸、石家庄、保定也全部没票。面对这一难题,我立马想到了票贩子。真不敢相信,一支烟的工夫,我便从票贩子手里买到一张到达郑州的高铁票,实名制也没关系,票贩子负责送到站里边。拿票的时候,我看得出来,他们绝非一两个人在做这生意,而是一个近乎庞大的集团,几个头目手里整沓的车票与身份证,都用皮筋缠着。打开包更是可怕,硕大的旅行包里全是车票与身份证。

进站后我在想,北广场那么多人,那么乱,嘈杂得要命,又没有当场记录,他们怎么能弄得清楚票款往来?又怎样来组织这种半地下式的经营管理活动呢?如果那些票大部分卖不掉该咋办呢?

真是隔行如隔山呀。

2015 年
1
10 月大

国庆路囧

打开汽车音响,"今天是你的生日,我的中国",旋律响彻车内并不算大的空间,边驾驶边听,算是为共和国祝寿了。我驾上宝马7系,开始了独自旅行,目的地是道教圣地武当山。

其实在今年八月,我曾造访过武当山金顶,但时间有限,只是对武当山道教文化有一个初步印象,当时我就对自己做了承诺,等有机会一定对武当山做一次深度旅行。趁着国庆长假,我可以兑现自己的愿望了。

从新乡到武当山,导航距离为578公里,通常情况下五个小时足够,因为都是高速公路,平时车辆较少。可今天却一反常态,足足用了十小时三十分钟。如果不是靠功能饮料撑着,我很有可能完不成今天的行程。

从新乡到许昌北,还算顺利。服务区休息十五分钟,出来不到两分钟,像美国大片里那样,多车接连撞击的场面就出现了,大约距我有一百米远,在 100 迈车速的情况下,一辆接着一辆追尾,有七辆车相互撞得面目全非,一场重大交通事故瞬间发生了,高速交警强制性疏散通道,分流车辆,我被迫绕道许昌市区。足足开了三十分钟,才上了兰南高速,可谁承想,十分钟不到,整个高速全堵了,我下车往前望了一下,并排四车道,一辆挨着一辆,根本就望不到头,料定前面又发生了车祸。我抓起手机拨通了 12122,其工作人员说,又发生了两起交通事故,正在处理。

在这里整整堵了两个小时,弄得人哭笑不得,往前走,走不动;往后退,退不回,简直是糟糕透顶。

终于可以走了,可速度慢得可怜,比步行还慢,忍不住我又打12122,工作人员回答,事故已处理结束,路障已清除完毕,慢的原因是车太多了,高速公路承载力不够,说是过了平顶山就好了。三十多公里,几乎走了两个小时。过了平顶山,一切都恢复了正常,可导航显示距目的地还有 397 公里。于是,我集中注意力,一口气驾驶了四个小时,晚八点十分终于到达武当山下。

连续驾车十几个小时,有生以来第一遭,虽说累了个半死,但增加了我的经历,而且是在国庆节这天,我也算是苦中作乐。

何为『道』

　　早七点，拎着行李步行至武当山售票处大厅排队买票，可谓人山人海，约一小时三十分钟后终于拿到武当山景区门票。随即又一次排队，坐上了开往琼台索道的专用小巴，约五十分钟后抵达琼台索道起点，再次排队购买索道票，约十分钟后抵达金顶脚下。

　　存放好行李，开始自由行。在南岩石阶处，与一道士相遇，便与他攀谈起来。我请教他："何为道？"他笑笑说："诗云：求道问道先问己，问心问身安舒否？能安能舒何外求，安心舒身即是道。人生无因不出生，无命无果不出世。无缘相逢不相识，有缘万里来相逢！"我顿觉遇到高人，便更加谦谨地求教。道士看我真诚，接着说："就道字而言，外为走部，内为首部，意为人生之路应走在人之前头，作为众人之楷模、之目标，也是大家公认的道理与准则。也可理解为，用大脑前行的智慧。一个人如能成为众人之首之楷模，其言行举止合乎公众之标准，就是道！"

　　这位道士相貌年轻,普通话讲得很标准。我接着又问他:"我,大凡人一个,如何才能达到这种境界呢?"他很认真地回答:"先由内心清化开始,努力做到心灵合一,思想纯正,大脑指挥五官和手脚,所表现出来的行为要合乎常理,符合国家与众人福祉。所谓内心清化,意思是:相由心造,境由心生。所有社会风俗皆由众人行为而形成,每个人的心态又受眼、耳、鼻、口、心所影响。比如,当你的眼睛看到美色诱惑,你所产生的信念是善是恶? 定静高者,妙明之功大,不至于产生冲动与邪念。定静弱者,即会产生邪恶而攻击美色等。内心清化,即相对抑制外界对你的影响,形成内心自化。"

　　看我听得认真,他又接着讲:"心与灵合一,则能方寸不乱,永葆清心,所思所想尽量至公至正,无为而有为,就能化险为夷、化灾泯劫、地境平安、众人敬仰。此乃道之代表也……"至此,道士摆摆手,示意告别。我还想挽留其继续攀谈,可他没有吱声就走下石阶。

　　看着他离开的背影,我一直在想的"何为道"也算找到了答案:道即是众人遵守的规则、准则和自然规律。

2015 年
3
10 月大

再登武当山金顶

　　道士走后，我开始爬武当山金顶。台阶十分陡峭，相对难爬一点儿，我用了约三十分钟的时间。金顶，也称金殿，是武当山的精华和象征，也是武当道教在皇室扶持下鼎盛时期的标志。

　　武当山金顶，无论对观光的游客，还是对前来朝拜的香客，都有着强烈的吸引力。站在金顶上，你会被导入一种神圣的道教精神，崇敬虔诚之心油然而生。

　　据说，每年夏季雷雨季节，这里会出现雷击金殿的奇观。届时，一声声天崩地裂的巨响震耳欲聋，雷电划破长空，犹如一把利剑直劈金殿，刹那间，金光万道，直射云霄，神奇壮观。而金殿历经六百多年的电击雷劈，至今依旧金光闪闪！

　　金顶中央的金殿，据说设计与建筑规格都是超高标准，顶部采用最高标准的重檐庑殿顶，墙体材料十分坚固耐用，外部还用铜管围网。

其寓意既宣扬了当时的"君权神授",又是道教"天人合一"理念的写照。金殿经历了几百年的风霜雪雨、人为破坏,不仅安然无恙,而且香火越来越旺。

那么,我想问,当时既无先进的测量技术,又无现代化的大型机械施工设备,怎能建成如此规模宏大的金殿呢?莫非真的是真武大帝得道成仙后,在暗中支持吗?

在金顶上,也就是武当山天柱峰峰顶,我足足待了两个小时,充分感受了大山的灵气、金殿的神奇、八方朝拜的君威,才依依不舍地开始下山!

2015 年
4
10 月大

心怀淡泊，从容前行

　　道，乃心之德。当你遵守规则、准则以及自然规律时，你就会变得从容不迫。"从容"一词，是大凡有思想、有智慧的人，终生都在追寻的一种境界。从百度上查看"从容"的含义，指人处事不慌张，很镇定，舒缓悠闲的样子。在我看来，这实在是人生较高层次的心态与境界。

　　通过武当山金顶寻道，我得出这样的感受：在我们平时的生活中，从容是一种为人处世的态度，更是一种宠辱不惊、去留无意、乐天知命、了然无忧的境界。这种境界至高至纯，是不过分计较得失，看透赤橙黄绿青蓝紫、酸甜苦辣的闲适淡然，悟道之人、遵道之心才能为之。从生到死几十年，没有几个人能始终做到宠辱不惊、坦然自若，"人生得意须尽欢"的诗句就是最好的反面例证。

　　其实，宠辱不惊，不是没有追求、没有理想、不思进取，而是在前进的过程当中，不管会有怎样的结果出现，都能镇定自若、坦然对待，这是一种大智慧、大襟怀。从容者不会受境况影响而宣泄自己的情绪,内心的翻江倒海会被从容的智慧遮挡得丝毫不露。其智慧之深、控制力之强正是道教极力推崇的修为与境界,也堪称高情商的典范。

现实生活中,每个人的生活背景、家庭熏陶、穷富贵贱、认知能力各不相同,每个人的际遇几乎都是变幻莫测、难以捉摸,心境和追求也迥然不同,前进途中所遇到的境况又千差万别,无论是商场大赚、晋级升迁、喜得贵子,还是事业受挫、爱人离去、亲人阴阳相隔,所有幸与不幸,其结果无非就是得与失。不少人在得意时会欣喜若狂、浮躁不安,失意时则灰心丧气、抑郁不振,总之是多少都会受到情绪的影响。很少有人在面对大起大落的得失时始终坦然自若、潇洒自如。但也有极少数人确实能做到宠辱不惊、镇定自若,微笑面对眼前的一切。这就是大智慧和小聪明的明显区别。

人生本来就是一场博弈,假如你面对得失痴迷堕落或欣喜若狂,在追逐得失的过程中迷失方向,可以肯定地说你已经输了。谁能在得失与取舍面前拥有乐天知命的豁达心境和从容姿态,谁就拥有了别样精彩的人生风景,谁就能成为大智慧的拥有者。"喝酒不醉最为高"其实讲的也是这个道理,关键是情绪的控制力如何。能真正做到内心从容,绝对不是一件容易的事。

其实,得失不过是人生无法躲开的境遇而已,不必为之大动干戈而破坏美好的心情,而是需要尽量保持一份淡定从容的心态。繁华落尽难免一地苍凉,灯红酒绿之后就不要害怕漆黑的夜晚。即使面对致命的打击,也要竭尽全力以不急不躁、不卑不亢的心态面对,品嚼生命的酸甜苦辣,忘却心中的烦躁苦恼,从从容容面对人生中的得失,不以物喜不以己悲,力争看得开、看得透,入乎其中,出乎其外,决不能痴迷其中、偏执其内。这才是"道"在人生中的具体体现。

细思量,不管你承认与否,你总要面对升迁与沉沦、荣耀与耻辱、富贵与贫穷,如果能保持一份平常心,理智而淡定地处理好自己的情绪,微笑面对眼前的一切,保持胜不骄、败不馁的坦然心态,秉承不卑不亢的生活态度,你就是高人,你就是大智慧者。任何遭遇面对大智慧时,都会成为过眼云烟。

人生本来就不是一杯纯净水,有酸甜苦辣咸喜怒哀乐愁,得意时浮躁膨胀、失意时悲观绝望本属人之本性,在鲜花和掌声面前有多少人能等闲视之?在财富和金钱面前有多少人能置若罔闻?在坎坷泥泞、布满荆棘的前进道路上有多少人能从容面对?坦然面对人生中的得失,真正做到拿得起放得下,既来之则安之,那又是何等深奥的人生难题呀。这种超脱是在拿与放中领悟的智慧,是在欲望与禁欲的权衡中诞生的大智慧,是赢得人生左右逢源的从容自若。

从容完全源于心境,如若不过于计较得失,一草一花便可以是整个世界。

记得一首老歌中有这样的歌词:"曾经在幽幽暗暗反反复复中追问,才知道平平淡淡从从容容才是真!"其中就有点儿悟透取舍、收放自如、淡定从容的哲学思想。

2015 年
5
10 月大

问道武当，壮美如斯

前天游览完金顶已过中午，我在琼台乘景区内的小巴，游览了太子坡、逍遥谷、紫云宫和南岩等四个景点，其风光各有千秋。说实话，武当山的秋天并没有给人悲凉的感觉，在这秋雨连绵、云雾缭绕的群山里，伴着瑟瑟秋风，竟像一首多情而缠绵的歌，给摇曳在滚滚红尘中的我带来了无尽的安宁与遐想。

太子坡又名复真观，背倚狮子峰，右为天池，雨季飞瀑千丈。左为下十八盘，环境清幽，景色秀丽。此地因铁杵磨针的传说而修建了一个道院，取太子回心再度修炼的意思。中国建筑面南朝比的比较多，而复真观是坐东朝西，比较少见。

逍遥谷，林中动物繁多，常有猕猴出入，又称猕猴谷。这里是武当功夫的发祥地，据说张三丰的武功秘籍、武当太极等均产生于此。

紫霄宫，风水极好，意为天地中央的紫檀。这里的金水桥，与天安门前的金水桥同名,桥下是玉带河。顺着玉带河往下看,犹如银线穿珠,特别壮观。这里的历史典故和传说,数不胜数。

南岩,又名太和山。在这里可以充分感受悬寺之美,通俗点儿说,也就是在悬崖上建了一座宫殿。

此外,武当山有一个特别有意思的传说,是关于乌鸦的故事。说到乌鸦,人们会很忌讳,可在武当的道教宫观里,却把乌鸦奉为神鸟,听到乌鸦叫声,或看到乌鸦飞来,就意味着你要有好运来了。相传,真武大帝来武当修炼时,因树密林深时常迷路,这时有一群乌鸦在空中飞翔,伴着真武大帝为他引路,真武大帝得道升天后,就封乌鸦为神鸟。明永乐年间,朝廷大修武当,敕建乌鸦庙,奉乌鸦为尊神。至此,乌鸦在武当成了大吉大利的象征。

千百年来,信徒来武当朝拜时,除了必备香表外,还会带上苞谷、米花等食物,撒在路边或悬崖上,并亲切地呼喊:乌鸦快来接食! 众乌鸦就成群结队展翅飞来,接住食物,形成乌鸦齐飞的壮观奇景。这就是武当山著名的"乌鸦接食"。

几天的武当山小住,一切从简,每顿素斋,住在农家院,几乎与世隔绝,心静了很多。遗憾的是,没能观赏到武当功夫表演。

2015年
7
10月大

美国式幽默

昨晚午夜归来,又连续驾车十三个小时,近两百公里的盘山公路就花费了五个小时,如果没有功能饮料支撑,我一定无法完成。

一路秋雨蒙蒙,云雾缭绕,看万山红绿,秋叶斑染,黄花飘香,丹枫挂露,清秋静美,秋韵无穷。鸿雁衔云啭秋韵,枫叶飘落唤山妹。娇媚若问我是谁,满天飘旋秋心飞。秋水长天红霞辉,草木潇潇意相随。车轮飞转赏秋薇,何惧瑟瑟风雨归?

今天傍晚,读一篇有关美国式幽默的文章,我就想起了2013年10月发生在美国脱口秀节目"吉米·坎摩尔现场"里侮辱华人的一幕。事发之后的一个月里,数十万华人在二十多个美国大城市掀起游行活动,抗议这种散布仇恨的行为,要求吉米·坎摩尔下岗。

最终,主持人吉米·坎摩尔和所在的 ABC 电视台向华人公开道歉,此事才算落下帷幕。不过,网上仍然有很多吉米·坎摩尔的忠实粉丝力挺偶像,认为华人小题大做,因为"这不过是一个笑话",就连吉米·坎摩尔在道歉中也不忘捎带一句"目的只是取悦大众"。美国与中国不同的幽默文化,似乎成了这次事件最好的托词。

打个不太贴切的比方,幽默文化在美国的地位,就相当于孝文化在中国的分量。说一个美国人没有幽默感,相当于说一个中国人不孝,简直是全盘否定了此人。

根据我在美国生活数年的观察,但凡身处社交场合,一般美国人都会使出浑身解数来展现自己。一次,我参加一个美国年轻人在家举办的节日聚会,他的父母也要来,但迟到了很长时间。两人到来后解释说之所以迟到,是因为在来的路上,老父亲开着车,突然觉得腹部隐隐作痛,内衣好像也湿透了,停车一检查,原来是不久前刚动的手术伤口开线了,于是两人又掉头回去,重新把伤口缝好再赶过来。他们说这件事的口气相当轻松,绘声绘色,就像在讲笑话一样,听的人也都哈哈大笑,聚会气氛竟然因此热闹了不少。但我在一旁却怎么都笑不出来,反而感觉很不舒服,不明白伤口破裂有什么好笑的。

没错,与其说美国人喜欢讲笑话,不如说幽默根本就是美国国民性的一个重要部分。幽默使美国人区别于英国人、德国人,是美国人之所以成为美国人的最大特色,不了解美国幽默就无法了解美国人。

最早的欧洲移民乘坐"五月花号"来到美洲,目的是为了坚持克己坚忍的清教信念,但结果统治美国的却是疯狂逐利的商业文化,这与先民们的初衷恰恰相反,让人产生一种既可笑又可悲的荒诞感。

美国社会的其他特点也影响着幽默文化的发展。因为国民来自世界各地，人与人之间常常存在语言不通的问题，因此用机智诙谐、暗藏包袱的话语来交流显得不切实际，相反，使用夸张搞笑的面部表情和肢体动作更容易打破语言壁垒。于是，各民族之间的交流闹剧便成了美式幽默的重要组成部分。

如果讲到中美幽默之间的差异，恐怕没有人比喜剧演员黄西的体会更深。

以化学专业留学生的身份来到美国的中国人黄西，在毕业十年后成为一名用英语讲笑话的脱口秀演员，他从街角俱乐部一路讲到美国白宫，把副总统拜登也逗得哈哈大笑。

在美国获得巨大成功的黄西，回到祖国后却遭遇严重瓶颈。他那句著名的开场白"嗨，你们好……我是爱尔兰人"曾逗笑了无数美国人，但在中国的舞台上，只得到观众们面面相觑的尴尬反应。这种落差，很明显来自中美两国截然不同的历史文化背景。有时候，这种现象被美国人误认为中国人缺乏幽默感。

从中国文化传统上看，道家和佛家并不反对幽默，但正统儒家却抵制幽默，庄重感、仪式感、等级次序是儒家的核心理念。所以，哪怕中国人在平常生活中非常幽默，但到了正式场合必须正襟危坐、不苟言笑，否则就会被斥为轻浮。这与美国带有强烈表演性质的、不分场合的幽默形成明显对比。

在这种背景下，也难怪华人会愤而抗议 ABC 电视台的那些言论。拿种族开玩笑，一句"美国幽默你不懂"哪能敷衍得过去？

2015 年
8
10 月大

在美国考驾照

记得刚到纽约不久，我仅用一天时间就考到了马里兰州的驾照，这意味着我可以在美国任何地方合法开车上路了。这驾照着实让我激动了好一阵子。

在美国考驾照同样要经过笔试、路考等严格的程序，对年龄偏大的华人新移民来说，路考不难，因为在中国已有的驾驶经验足以应对，但英文笔试却是个大难题，我几次想报名都因为英文蹩脚而放弃。

在纽约，语言不通，人地两生，我只能选择在华人社区居住。住宿的地方说是旅馆，其实也就是一栋破旧的别墅，老移民租下来，为新移民有偿提供吃住的地方，每间睡房住七八个人，上下搭铺，厨房厕所公用，每个床位每天六美元。

一天，同屋的上海同胞扯着嗓子叫我："喂喂，你不是想考驾照吗？《世界日报》的广告，为新移民包办驾照！"我抢过报纸，标题赫然在目：

《一天包办马里兰州的驾照》。我迅速拨通电话,对方问 I94 卡是否超期,我说不超,他说没问题,支付一千二百美元的费用,明天一早即可到马里兰州考试,保证当天能拿到驾照。我与他讨价还价,对方甩了一句"爱考不考"就挂掉电话。犹豫良久,虽然太贵又真假难辨,可考驾照的心切着实让我跃跃欲试。一不做二不休,我决定冒冒这个险。取了钱,做好了明天出发的准备。

第二天凌晨四点,我就被那人电话吵醒,出门乘上他的车从纽约赶往马里兰州。上车后发现加上我一共四个人,那人要求先收钱。等到了马里兰州的交通局,他下去和一个已在那里等待的中国人窃窃私语了一阵子,并把一卷美钞塞给了那个中国人,然后他走回来,让我们下车,大家就跟着他走进了交通局院里的一个小房间。

那位中国人来到我们面前,用中文直接对我们说:"我是你们笔试的翻译亨特,笔试只有二十分钟,全英文试卷,翻译时我会用中文宣读,每道题有四个答案,凡是我用普通话翻译的你就画叉,用广东话翻译的你就画对钩,保证是一百分,但为了不引起老外考官的怀疑,请你们故意答错一个到两个。记清楚了吗?"我们四个人一起回答"记清楚了"。

笔试考试开始了,我按照亨特的指点,不一会儿便考试结束。五分钟后成绩出来,四个人都是九十五分。由于我们在中国都有驾驶经历,只要能听懂考官说的"走、倒、左拐、右拐、停"等几个英文单词,路考便可过关了。我首先考完后,便和翻译亨特攀谈起来,问他考一个收多少钱,"三百美元!"他很干脆。我问如果有朋友来考我直接介绍可以吗,"没问题! 越多越好! 我只收三百美元!"我向他要了名片,留了我的手机号。我暗自算了一下,中间人收我们一千二百美元,四个人就是四千八百美元,刨去翻译的,中间人一天净赚三千六百美元,真黑呀! 但是转念一想,这种灰色交易,或许能成为我立足美国的开始。

回去的路上，我暗自盘算如何买车、如何在《世界日报》上登广告，等等。第二天，我便赶到二手车市场，用最便宜的价格提了一辆旧雷克萨斯，并用三百美元在《世界日报》上刊登了火柴盒大小的广告："美国资深移民专家向来美同胞免费解答一切疑难问题！"随后，我又赶到华人社区，廉价租了张办公桌，拉了根电话分线，便开始当起了解答疑难问题的"资深专家"。

不知是飞来的时运，还是我的造化，自当上"移民专家"之后，我的电话便铃声不断，有询问旅游过来如何转变身份的，有来美不久想上学的，还有"黑"到了美国，而且上过几次法庭，担心递解出境的，我便用我的理解和认识，同他们侃侃而谈，不急不躁，游刃有余。但是最关键的是我总在谈话结束时，不会忘记亲切地询问对方：到美后 I94 卡是否过期，如果没有过期，建议对方迅速办张驾照。

就是这样天遂人愿，我当了"资深专家"后的第二天，四个急需办理驾照的来美同胞，兴致勃勃地登上了我刚买的二手车。我揣着刚办理的驾照，踩响发动机，风驰电掣，直奔马里兰而去。

我充满了必赢的信心，我觉得在这片异国的国土上，他们能够生存，我也能够生存，尽管在手段和方法上与几十年来所受的中国传统教育有所相悖。这是我在美国的重新启程，采撷到了属于我的第一桶金。

尽管我在启动正规生意后对自己的这段经历常常感到惭愧，但也觉得，这是我人生转折时期的过渡，是一个重要节点。

2015 年
9
10 月大

意外转行

昨天回忆纽约的文字,引起了微信圈不少朋友的兴趣,打电话要求续写,我只好遵命再写下去。

那年秋天,我帮不少刚到纽约的华人办理了驾照。与我合伙办驾照的那位亨特,也许是来美时间久了,"油"得很,而且态度极其生硬,缺乏对同胞的友善,有点儿欺负新移民的蛮横,让我禁不住对他产生了很大的敌意。

我在决定做这生意后,增设了服务内容,一早会把咖啡面包买好,分份打成包放在车里,为同胞提供丰盛的早餐,中午再带他们到麦当劳或伯格啃饱餐一顿,均由我来付款,并明确告诉他们,我赚了他们的钱,而且利润不菲。

长途开车的路上,我还会播放国内著名歌手的音乐,让同胞们多一些亲切感。此外,我也给他们讲解一些在纽约生活、工作的注意事

项。多了几丝关爱与体贴,自然增加了祥和欢乐的气氛。

一周能往返马里兰三四次,剩余的几天时间,需要在办公室做一些传真与文案等办理驾照的准备工作。我收到同胞们的 I94 卡和护照复印件后,需要传真给亨特,并把一封信寄到马里兰州的某一地址,亨特带着那封信到交通局报名。这封信的作用,主要是证明考驾照者居住在马里兰州,信封上的地址即可确认,至于信里的内容不用考虑,寄空信封也行,不过我通常会装一些纸张在信封里。考官只看信封上的邮戳、收信人名字和地址,只要和护照复印件名字一样,又与 I94 卡吻合,就认定此人居住在马里兰州。所以我需要拿到联系地址,也要跑到邮局寄信。

照实说,刚到美国不久,有这宗生意支撑,应该非常努力地干下去,因为利润很高。可做了一段时间后,刚开始的那股兴奋劲没了,总觉得这不是个长久之计,有点儿亏良心的愧疚感。因为在国内生活了几十年,家庭熏陶和所受教育,让我对生意的正当与否在心底有一个度量衡,就凭自己比别的同胞早来纽约几天,就让他们支付高额的中介费,有欺负新移民之嫌疑。每当收取同胞的现钞时,我心里会沉沉的,有一种说不出的难受,一张百元美钞在当时能换八百元人民币,于心不忍呀。

所以，我一边继续做着这宗生意，一边开始寻找新的机遇，并暗暗下定了决心，要尽快放弃这种营生，尽快找到正当的、体面的、不亏良心的新生意！

依稀记得，那是十二月初的一个中午，我下楼去买午餐时，在一家华人开的手机店门前，碰到在此打工的一位年轻小伙子（我在这家店办过手机卡，就是时任经理的他帮我开通的）。看他站在门前抽烟，一脸生气的样子，就问他怎么了，他说老板撤销了他的经理职务，原因是他对顾客要价太便宜了，不知道多为老板赚钱。我问他以后打算干什么，他说正在上学，需要赚学费，准备再找工作。

也许是天意，我竟突然问他愿不愿意与我合开一家手机店，并承诺，手机店由我来投资，给他干股40%，我出钱他出人，典型的法人治理结构，把他的人力资源作为资本入股。

他喜出望外，当场答应了我的条件："你找店面吧，我决定与你合作！"

在纽约开手机店的机遇就这样来了，来得很突然，来得很及时，为我顺利转行点燃了一束希望之光。

2015 年
10
10 月大

重启创业路

创业的梦想,能激发人无尽的热情,尤其身在异国他乡。与那位小伙子达成口头协议的当天晚上,我就开始进行初步的预算,计算开家手机店大致需要多少钱。我到文具店买了个很厚的笔记本,十分认真地在第一页上写下一句这样的话:"只要我们有梦想,就一定能实现!"这预示着在我的人生旅途中,第二次正式拉开了扬帆远航的帷幕,如果在国内发展是第一次扬帆的话。

小伙子名叫戴维,当时才 21 岁,正在纽约皇后大学读三年级,电脑专业,是出生在美国的中国男孩,英文流利程度没的说,可谓倍儿棒。中文也凑合,除了不能写,基本的口语交流没问题,只要别说成语、俗语、俗称,都能听得懂。戴维算是我们通常说的 American born Chinese(香蕉人),俗称 ABC。

戴维一米八的个头,长得很帅气,看上去很精干。晚上十来点,他打来电话,问我准备把店开在老外区还是中国城,老外区投资小,中国城投资要大很多。我没有立即回答他,而是约他第二天上午十点到办公室详谈。

第二天上午,戴维很准时,他说昨晚睡得很不好,在网上已查到好几个老外区的店面,对租金、面积、市场都做了预测和分析,已用英文写了可行性报告。由于我看不懂,他就用中文给我一边翻译一边讲解,让我决策。我没有犹豫,立马拍板,选择了投资较少的老外区,店址在纽约长岛 495 高速出口的一个小型购物中心,并决定代理 T-mobile 公司的手机业务。

T-mobile 公司,是美国五六家无线通信公司中的一家,总部在德国,在美国已经上市。因为业务在美起步较晚,为了尽快开拓美国市场,其采取的发展战略是低价参与市场竞争,分钟多、月费低、代理商佣金高,其劣势是基站少,信号覆盖面积相对小。

也许是我和戴维都亟待创业的缘故吧,我们一拍即合,当即签署了合作协议,在协议中标明他 40% 的股权。当即我也给戴维下达了工作任务:"店面租约你来谈,批发商代理协约也由你来搞定,一周时间必须完成。我负责公司注册和资金的筹措。"戴维显得非常兴奋,当即表示:"请老板放心,我一定按时完成!"

之后,他喝了几口咖啡,用商量的语气说:"老板,您和我父亲的年龄差不多,今后没有外人的时候,就叫您刘叔吧,别像在中国似的非叫您老板,行不?"

"老板、刘叔都不用叫,听说在美国的中国人为了入乡随俗,都有一个英文名字,叫起来方便,你帮我起一个如何?"我大方地说道。

戴维突然跳起来对我说:"太好了,我昨天就想给您这个建议,您知道,在美国不管职位高低,都是直呼其名,您姓刘,第一个拼音字母是 L,就叫 Larry(莱瑞)吧,简单顺口!"

我马上在电脑上查了 Larry 的中文意思,有桂花、桂树等含义,我欣然同意:"好,今后就叫我 Larry!"十多年过去了,好几位 T-mobile 公司的工作人员见到我时,都还亲切地叫我 Larry。

酝酿做手机服务商的时间极短,这么快做出决定,还送给戴维40%的干股,在我的人生历程中真是一次大胆的冒险。我也从未想象过,在中国做了二十年银行业的我,会在纽约做无线通信生意,因为这与我之前的工作内容完全是风马牛不相及。到底是机缘巧合、生存所需,还是冥冥之中自有安排呢?

一旦考虑成熟,就义无反顾地向前闯,这是我历来的性格,也是我在当时情况下唯一的选择。因为我要放弃代办驾照的生意,又必须迅速转向另一个生意,而开中国餐馆等营生都不是我的志向,干其他行业我又不会。银行工作虽说是我的老本行,可在美国,单英文这关就让我与银行工作沾不上边,更别说中美银行之间又有那么大的差异,犹如让我去矿山上找无缝钢管,去森林中寻桌椅板凳。我也只能老老实实地把握好当下做通信生意的机会……

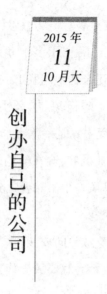

2015 年
11
10 月大

创办自己的公司

　　那天,在办公室与戴维聊了很久,气氛融洽且别开生面。我问他:"戴维,你觉得你做无线通信生意的优势是什么?"他想了想说:"第一,我从大学一年级就离开家庭,开始在外租房独立生活,房租、学费、吃饭、买衣服等,全由我自己负担,我独当一面的能力你根本不用担心。第二,我学的是电脑专业,对 T-mobile 公司开手机号码的程序了如指掌,所有的 Paper work(文书工作;案头工作)都能做。第三,我已取得驾照,对纽约的城市交通与市场行情都十分熟悉。有这三点,我完全可以独立经营好业务,只要我们有足够的投资。"

　　戴维讲这番话时充满自信,我听得很认真,并暗自琢磨,这就是美国长大的孩子,独立意识极强。我十分和蔼地对他点头表示赞许,接着又问:"劣势呢?"他依旧充满自信地对我说:"没什么劣势,找我合作就是你最好的选择。如果说困惑,也还是有的,大学还有一年才能读完,可现在我必须选择休学。要做,我就得专心致志地做,生意刚开始,不能请人来做,你又不懂英文,休学是我唯一的选择。"戴维起身加了点热咖啡接着说:"休学,会遭到我父母的极力反对,但没关系,我能搞定!"说这句话时他显得很坚定。

原本我还想问更多的问题,可考虑到戴维是一个 ABC,就欲言又止了。然后,我拿着戴维撰写的可行性报告上的投资预算,与我笔记本上的进行了对比,他的预算比我的足足高出了两万美元。于是我用商量的口气对戴维说:"店面租下后,能不能不找装修公司装修,我们自己干如何?"他不假思索地回我:"听你的,Larry,我对装修一点儿也不外行!"戴维的这句话引起了我的兴趣,因为装修不是件容易的事,自己动手就更不容易,戴维答应得这么干脆,我很开心。

我兴趣大发,对我俩合作手机生意的前景与蓝图大讲特讲一番,两人喝了三大壶苦咖啡,对筹备手机店的所有细节均作了详细讨论,敲定了具体的操作方案。我看了看手表,已是下午四点出头。我们忘记了午餐,忘记了时间,对未来充满了忘我的热情!

一周后,我们各自完成了自己的任务。我用注册好的公司执照,在银行开了账户,并注入了足够的资金。戴维顺利签下了店面的租约,同时签下了 T-mobile Master dealer(T-mobile 公司的一级批发商)的经营合约。此外,戴维还到政府部门办理了电器经营许可证。

证件齐全,只等装修、进货开业了!我开车拉上戴维,去 495 高速出口详细看了店面,丈量了尺寸后,便到大型建材商店采购装修材料,同时定制了有 T-mobile 标识的霓虹灯,那天一直忙到夜里十点才回到住处。在我住的家庭旅馆公用厨房,炒了两个小菜,泡了两桶方便面,开了一瓶 750 毫升的杰克丹尼,如此简单的晚宴上我们开怀畅饮一番,陶醉在明天就要装修店面的喜悦之中。第二天醒来才知道,那瓶杰克丹尼,昨晚竟然喝得精光,我马上换上牛仔服,叫醒戴维,一同前往店面,装修正式开工了。

纽约的冬天本来就很冷,而那年的冬天格外寒冷,到处白雪皑皑,室外大概在零下 10℃左右。安装霓虹灯的时候,我一手拿锤子,一手扶着梯子往上爬,嘴里噙了两个大钉子。等第一根钉子钉好后,含在嘴里的那颗钉子已与嘴唇冻到了一起,使劲一拔,嘴唇被撕烂,鲜血直流,滴在雪地上,犹如画家在洁白的宣纸上勾勒的梅花一样栩栩如生!

低
调
开
业

　　我和戴维,为了公司的快速开业,当上了装修工,刷墙漆、吊房顶、铺地面、装柜台、安装各种配套设施,然后打扫卫生,连明彻夜,紧赶慢赶,每天只睡五六个小时,用了整整一周时间,终于把店面装修完工了。

　　戴维虽说年轻,从来没有干过这种活儿,但配合得非常好,没有一句怨言。等打扫完装修好的店面,戴维坐在木凳上开心地对我说:"Larry,看来你在国内是搞装修的高手,经验丰富,而且美国 Home Depot(家得宝公司)的专用工具,你也都会使用。我咨询过专业的装修公司,他们说咱这店面让他们装修,至少也得十天时间,在你的指挥下我们仅用了七天时间,了不起呀! 我觉得自己助手当得很称职,我和我父亲也没这样配合过。"

　　我盘腿坐在新装好的木地板上,点上一支百乐门香烟,猛抽了几口，慢腾腾地对戴维说："照实说，我在国内没有干过一天装修活儿。但是，没干过还没见过吗？到了一定年龄，没有啥不敢干的，装修个手机店不算什么难事。其实我在咱们开工前，已认真补过课。我在家庭旅馆的室友，其中有两个就是在装修公司打工的师傅，去 Home Depot 买材料和工具之前，也得到了他们的口头指点，他们给我列了所需材料和工具的清单，并告诉了我施工的大致程序。装修店面，对于我来说不算什么难事，没办法，咱悟性高。"戴维赞许地笑笑，用右手对我伸出了大拇指，用左手对自己也伸出了大拇指。我立刻明白了戴维的意思，说："我再聪明，没有你的配合，也不会有今天的成绩！"我俩站起来，相互击掌，为取得的成绩喝彩！

装修完工的第二天，我们开始进货，安装电脑、电话、传真、闭路监控等。这些我不在行，戴维成了师傅，我给他打下手。戴维动作迅速，仅用一天时间就全部搞定。紧接着，我们在纽约长岛的第一家店正式开业了。没有朋友送花，也没有观众捧场，更没有鞭炮齐鸣，只是在门头上挂了一个"Grand opening"（盛大开业）的牌子。

整整一个上午，没有一个老外问津。我抱着几百张传单，站在店门前，一张张发给路过的老外，他们都只是客气地说一声"No. Thank you"头也不扭地从我身边走过。说实话，当时我的心情很糟很糟，因为开业后如果没人上门，有可能是我们决策的失误，致使我们的投资白白泡汤。中午十二点过后，街上连个行人也看不到了，宣传单都没处发，我更是心急火燎。这时，戴维走出店门叫我："Larry，别急，该吃午饭了。"他看我一脸沮丧的样子，又说："Larry，你真的不用急，在老外区开店就是这样,人少但利润高,不可能像中国城那样车水马龙、川流不息,必须耐得住性子!"听着戴维不太流利的成语,我虽依然闷闷不乐,但还是强颜欢笑与戴维搭腔:"你先吃吧,我不饿!"然后继续站在门口,拿着宣传单等待顾客的到来。

下午三点左右,陆续有老外进店,戴维用流利的英文招呼他们,并为他们宣讲、解答 T-mobile 公司的各项计划,忙得不亦乐乎。到下班时,戴维一共开了八个号码,一个号码毛利一百五十美元佣金,共计一千二百美元。头一天的业绩,远远超出了我的想象,如果照此计算,月赢利至少三万美元。

2015 年
13
10 月大

遭遇挫折

　　长岛手机店开业第一天的业绩令人兴奋，我们备受鼓舞。可接下来的半个月，生意清淡如白开水。正如当时的天气，连日大雪纷飞，整个购物中心几乎没有顾客，只能看到一辆辆汽车从门前的马路上疾驰而过。

　　附近居民除了到旁边超市买些吃喝等必需品外，其他零售行业在大雪天几乎处于停滞状态。我和戴维天天跑几十公里来这里上班，每天交白卷。在店里，我俩百无聊赖，只是你看看我，我看看你，无话可说，头一两天还能聊聊天，缓解一下沉闷的心情。可是一直没人光顾，时间一长，心情自然越来越糟。

　　一坐几个小时，不想说一句话，也没话可说，寂静得可怕。有时候，店里静得连手表的嘀嗒声都能听得十分清晰。人需要交流，更需要忙碌，如果太过寂静，会产生瘆得慌的感觉。持续一周后，我们心里都憋着一股无名的怒火,躁动难忍,但又无处释放。戴维坐在电脑前游荡于网络世界,而我,上不了中文网,英文又看不懂,只能一次次走出店铺,站在大街上,一根接一根地猛烈抽烟,以此来舒缓自己的心情。

后来,连抽几根烟也平静不了心绪,就昂起头颅,对着白雪茫茫的天空,歇斯底里地吼叫一阵,皱巴巴、干瘪瘪的心情才会有所缓解。记得电视连续剧《北京人在纽约》中,主人公王启明曾经有过这样歇斯底里的表现,那时我还生活在国内,并不能深刻理解王启明当时的心境,现在置身其中才深有同感。就这样,一天天艰难地熬着,对明天茫然不知所措。

两周后终于风停雪止,天气开始晴朗,生意稍有好转,但还是有一单没一单,始终无法和开业的第一天相比。面对这种状况,我想了很多办法,采取了多种营销手段,可收效甚微。我开始失望,但还是抑制住自己的不良情绪,力争不让显露出来,以免影响戴维。有时候还会主动给戴维聊聊中国的笑话,以调整戴维的情绪。

一个月过后,我与戴维坐下来认真地盘点了一下,开业三十天,共开通了二十三个手机号码,毛利三千四百五十美元;卖出手机配件三十一个,毛利六百二十美元,两项合计四千零七十美元,刨除四千五百美元房租,当月亏损四百三十美元。也就是说,开业的头一个月,我和戴维白干了。开业前的兴奋,开业当天的喜悦,都消失得无影无踪。

我陷入了深思。这种正当的零售生意,与我办驾照相比,收入简直是天壤之别。我该怎么办,又能怎么办?手机店的投资,几乎花光了我靠办驾照挣下的所有积蓄。难道我放弃正当生意,重操旧业?一时间竟然迷失了方向。

纽约呀纽约,你这么大的一个世界之都,难道真就容纳不下我吗?除了上不得台面的生意,我就无路可走了吗?经过几天的思考,我仍然一筹莫展。其间,也讨教过几位老移民,请他们给一些指点,得到的建议依然不能让我满意,他们的建议大致可归纳为一个字:"守!"意思是,零售生意时好时坏,一两个月的清淡说明不了问题,并不能代表全年的生意,只有坚守几个月以后,才能看出真正的结果。

但无论怎么说,我无法欺骗自己,我的创业激情,还有戴维弃学经商的冲动,都受到了巨大影响,甚至说已经开始体味到了失败的气息。

2015 年
14
10 月大

总结经验，继续前行

连续俩月，手机生意业绩平平，尽管已使出全身解数，采取各种营销手段，生意仍不见好转。房租、货款、基本工资等各种费用让我不堪重负。

有一天，戴维连买午饭的钱也拿不出来了，我立马把营业款箱里仅有的两千多美金拿出来，支付给戴维一千五百美元，先让他能维持基本生活。我的心情，犹如纽约的冬天一样冰凉。

一个周日的下午，我们去长岛城区，参加 T-mobile 批发商召开的会议，会议要求：各小型代理商，月底必须百分之百完成上月下达的任务，否则，再拿货不光要 COD（货到付款），而且还要收取押金，连续三个月完不成任务的百分之五十，要取消代理商资格。眼看就到月底，我们距任务要求还相差甚远，完成的可能性几乎为零。

回去的路上，戴维客气地说："Larry，我有些话想和你聊聊，不知你现在愿不愿意听?"美国长大的孩子还是很懂礼节的,戴维对我虽直呼名字,但十分尊重,任何时间谈及工作之外的事情,都要先征求我的意见。我迟疑了一下,对戴维说:"明天吧,晚上下班后,我们找个咖啡馆详细聊聊,我有好多想法想征求你的意见。"

之所以没让戴维讲出来,是因为我已隐隐预见他要说什么:一是有可能很客气地撂挑子,向我辞职;二是有可能以父母逼他回校读书为理由,作废我们之间的合作协议。刚开张的生意就如此受挫,连维持生活的薪酬都不能按时拿到,换谁都有可能离开。对于任何人来说,生存永远是第一位的,何况是一个孩子呢?尽管中美之间的教育有很大差异,但人性的特点都是相通的,我深谙其中的道理,所以我当场阻止了他的谈话,想给自己留有余地。

第二天照常工作,我让戴维统计了一下 T-moblie 公司哪几款电话最畅销,哪几款是三频的。

晚上下班后,我们选了附近咖啡馆的一个角落就座。这家咖啡馆装修别致,风格独特,典型的北美风情。灯光效果很棒,暗淡中夹带着紫红色亮光,让人有恍如隔世的幻觉,我很喜欢这种氛围。再加上声音浑厚的美国乡村音乐,在美妙的旋律中,你真能陶醉其中。

一杯清咖,打开了我的话匣子:"戴维,我们自打有了合作开手机店的想法开始,就已经变成了一家人,虽然开张后的生意不够理想,但最起码让我们了解了市场。我经过认真查找原因和调查,得出的受挫结论是:美国人不太喜欢中国人开的店面,这是其一;其二是天气寒冷的影响;其三是我们太过理想化了,认为开店就会有生意。"戴维频频点头表示赞同。

我接着又说:"人这一辈子,不可能一帆风顺,不论做什么事,都要相信你自己,别让一点儿挫折就将你击倒。我们必须坚持当初的选择,不后悔、不抱怨,坚强地走下去。走着走着,花就会开放。"

我喝了一口咖啡,接着说:"无论遇到什么样的困境,作为男人,退缩是最愚笨的选择,我们可以调整思路换一种经营方式,让我们的事业起死回生!"

戴维有点儿着急,当即问我:"你有啥好办法,快说出来让我听听,怎样才能使我们的生意好转?"

我明白戴维的情绪已被调动起来,便接着讲:"做零售生意,第一重要的是位置,第二还是位置,第三依然是位置!我们必须马上向曼哈顿和华人居住的人流密集区进军,老外区这家店可暂时保留,招一名家住附近的员工,最好是老外,看着店面就行了。"

"Larry,你疯了?二十来万美金你已投到店里了,你哪里还有钱再开店?"戴维迫不及待地问我。

"相信我,天无绝人之路,办法我来想,条件是你必须执行任务。解决钱的问题很简单,但离了你不行!"

"我也知道有人的地方有生意,可找钱的事我玩不转。告诉我你要用什么方式?执行命令绝对没问题,只要不干违法的事!"戴维干脆地回答。

我哈哈大笑一阵,对戴维说:"保证不违法,至于怎样找到钱,暂时保密!"

戴维带着我留给他的悬念,很实在地接话:"Larry,我昨天晚上本来准备给你说,我想辞……"

"你啥也不用说了,我都知道!"没等戴维完全说出口,我立即拦住了他。

戴维接下来想说的话与我昨晚的判断是一致的,我暗自庆幸戴维能与我继续并肩作战。

2015 年

16

10 月大

招兵买马谋大计

第二天早上我合上书，上洗手间时发现天已蒙蒙亮，我竟一夜未眠。

虽彻夜未眠，但并未感到困倦，洗漱完毕，便驾车去接戴维。路过麦当劳，通过汽车旋转餐厅我买了咖啡和面包。

戴维住在纽约皇后区的新新草原，在一栋法式别墅里租了一个房间。大老远就看到戴维在别墅前的路口等我，上车后我示意他吃早餐。他没急着吃，而是要个鬼脸朝我笑笑说："Larry，你要找的店员我已经找到，昨晚回家在网上已与她谈妥。她家就住在我们店附近，一个土生土长的美国女孩，一天工作七个小时，每小时十美元，你觉得怎样？"他很兴奋，没等我回答又接着说："女孩叫 Lisa，大学刚毕业不久，从网上的照片看挺漂亮的，一会儿到店里找我们面试。不足之处是她没做过手机生意，完全是新手，有经验的人工资要比这个高很多。"我瞅瞅戴维那兴奋的样子,不假思索地回答:"嗨,你可真行,还面试什么,就她了!"

　　大约上午十点钟,一位金发碧眼的女孩来到了柜台前,一看就是典型的西裔女孩,身材修长,曲线清晰,她就是戴维所说的 Lisa。Lisa 客气地和戴维打招呼,几乎同时也向我打招呼。在戴维的介绍下,她再一次向我问好。Lisa 的金发散落在肩膀上,两只玻璃珠般的蓝眼睛里闪动着青春、热情的光芒。戴维把 Lisa 让到柜台里坐下,为她冲了杯咖啡。然后和我拉了个背场,低声窃语:"Larry,你觉得怎样?"我回答得很干脆:"我已给你说过,就她了。今天就留下来和你学习开号的流程,你带她一周时间。不过,明天你要和我出去办事,需要她一个人上班。"戴维用手指比画个 OK,开始招呼 Lisa,并与她谈明白了我的意思,Lisa 表示同意。

　　戴维给 Lisa 讲解手机开号的具体流程,用英文讲了 T-mobile 的个人计划、家庭计划,我虽不能全懂,但大致能明白。不一会儿,有客人进来,戴维让 Lisa 讲解,并具体操作。这女孩上手很快,顺利地解决了客户的需求。这时,我突然感到一股倦意袭来,下意识地摇摇头,尽量让自己保持清醒,并悄悄钻进后面的办公室,倚着沙发,把腿跷到桌子上闭目养神,却一不留神进入了梦乡。下午四点戴维把我叫醒,他说 Lisa 学得很快,明天值班应该没有问题,已经把店门的钥匙给了她。

　　下班回家的路上,我向戴维交代了明天的工作:"明天一早,我们到 T-moblie 批发商公司去,我要找他们的总裁谈判,我会送给他们一个绝好的商机,你只管当好翻译,我会尽量不说成语!"戴维听后有些不解:"我们和他们已签过协议,你还要找总裁谈判什么?"我说:"去向总裁借钱,为我们进军曼哈顿和华人密集区做准备!"戴维听后一惊,发出怪怪的声音:"这就是你找钱的门路? 他们怎么可能借给你钱?"我哈哈哈笑了好一阵子,然后压低声音,非常坚定地说:"你就等着瞧吧，一定借！还是那句话，当好你的翻译！"戴维虽还是将信将疑，但迫于我的自信，他没再吱声。

第二天一早，我怀揣梦想，迎着朝阳，开着我的旧雷克萨斯，提前半个小时赶到 T-moblie 批发商公司的门口。看时间充裕，就把早已想好的谈判思路重新整理了一遍。

2015 年
17
10 月大

造访总裁，不请自来

谈判，从来都是一种艺术。首先要讲技巧，要善于抓住对方的软肋穷追不舍，但又要像弹钢琴似的，始终要旋律优美，时而不温不火，时而命运交响。谈判的实质，说穿了就是在双方当下利益和未来预期利益的前提下，依据双方的条件和要求，做出相互的让步与妥协，最后达成契约。只要你考虑到对方的需求，他就不会拒绝你，除非他不是个生意人。

我们的老祖先，对世道人心提炼得更为经典："人为财死，鸟为食亡。"无论中国人还是外国人，只要你能基本满足他的求利欲望，谈判就能顺畅进行，如果你还能为对方让步，达成合约就是必然。除非他无欲，无欲则刚。

在美国有句谚语："No money, no honey!"直译就是没有钱就没有甜蜜！意思是，没有钱就没有一切。我今天来与总裁谈判，是送给他们钱赚的机会,实质上就是送钱给他们,我想他们会欣然接受的。

T-moblie 批发商九点钟正点开门,我和戴维在门岗登记后进入公司。进入后还有第二道接待与保安,来访者要说明造访哪个部门和事由,得到允许后才能进入。接待我们的是一个很胖的西裔女人,身材虽臃肿不堪,但脸盘儿却端庄喜人,尤其一双大眼睛,雪亮雪亮,加上说话的声音,颇有几分魅力。女人很客气地问:"有预约吗?""有!"我十分肯定地回答。那女人很客气地让我们稍等,便抓起电话求证总裁,她电话还未接通我直接就进去了,而且直奔总裁办公室。也许因为从来没人直闯过总裁办公室,那女人没来得及注意我,当她发现并叫保安拦截时,我已经在总裁办公室了。

总裁是一位印度女人,看上去三十出头的样子,瘦削的身材,说话很客气。她把我让到沙发上坐下,并做了自我介绍:"我叫邦尼,是这里的总裁,你有什么事找我?"

"我有一个同事在外边,他既能讲中文也能讲英文,我英文不好,需要他来做翻译,能让他进来吗?"我用结结巴巴的英文说。

邦尼完全明白我的意思,马上抓起电话指示门岗请戴维进来,然后帮我接了杯热咖啡,并送到我手里。我道谢后,依旧操着中国式英文向邦尼介绍自己:"我叫 Larry,来自中国……"说了很多,也不知邦尼是否能听懂,但我叫 Larry,来自中国,她肯定听懂了,因为她马上与我握手,并认真地说了一句:"认识你很高兴,Larry!"

两分钟后,戴维进来,我们的谈判正式开始。

2015 年
18
10 月大

谈
判

　　邦尼依旧彬彬有礼地给戴维接了一杯咖啡,然后坐回她的办公桌,对着电脑,不再吱声,好像我和戴维根本不存在似的,气氛显得紧张而又沉闷。邦尼到底在干什么?刚才的大度哪里去了?难道就这样让我们坐着等她吗?还是在网上查看我们手机店的情况?我喝了口咖啡朝戴维看去,他的表情显然很不自在,与他给我说已找到 Lisa 时的表情判若两人。

　　足足等了五分钟,邦尼笑呵呵地拿着笔记本和笔,坐到我对面的椅子上说:"不好意思,我刚处理了几个邮件,必须在每天的这个时间处理结束。"然后话锋一转:"自我们公司开张到现在,还未曾有一个人这样闯进我的办公室,不过没关系,你们既然来了,就一定有事找我。Larry,请说明你的来意!"邦尼用很流利的英文,毫无责备之意地做了开场白。"真不好意思邦尼,我必须采用这种非正常的方式找到你,因为我是给你送财富的,否则你就会失去这一机会。"我向邦尼解释道。

稍作停顿,我继续说:"我是咱们的经销商,认真研究过 T-moblie 公司的运作模式,每月新开的电话增量,是对我们考核的最重要指标,如果能在增量上有所突破,我们的收益将会成倍递增。"邦尼听着戴维的翻译,表情明显在发生着变化。我声音更加洪亮地接着说:"思路决定出路,选择大于努力。我有一个办法,可以迅速提高增量,甚至可以颠覆整个纽约市场!"

邦尼听着戴维的翻译,脸色逐渐变得红润,而且笑容可掬,能看出来她对我的建议已经越来越感兴趣。"好,Larry,我想听你谈谈具体的操作步骤。"邦尼说。

"是这样,第一步,我们可以先进驻华人密集居住区,这里的人口密度超过了纽约所有的区域,手机消费的对象是人,人少的地方,不是我们现在的主战场。比如说皇后区的法拉盛,人流量超过了曼哈顿的时代广场,对这个区的市场占有应该摆在首位!"

"我是中国人,对华人区的市场需求与竞争比较了解,如果你采用了我的办法,我会让新增量每月有一个飞跃!"听着戴维的翻译,邦尼激动地站了起来,啪啪地鼓着掌说:"哇噻,好主意,Larry 你太棒了!"接着又给我加了咖啡,并让秘书送来巧克力,满脸笑容,掩饰不住内心的兴奋。

邦尼重新回到座位上,问我:"Larry,你来美国之前在中国做什么?"戴维没让我说话,直接介绍给她听。她听后迫不及待地说:"Larry,华人市场潜力巨大,这是不争的事实,我早想开拓,可一直找不到合适的人选,现在我全权委托你来开拓如何?"我笑笑回答:"那你找对人了!纽约市有七十多万华人,占纽约市区总人口的近百分之十,我有信心做好这个大市场,但有些工作,需要总裁支持与帮助。"邦尼说:"说吧 Larry,有什么要求,我会尽最大努力满足你。"

我说:"我们的店刚开业不久,要特事特办,不采取货到付款。今天需先赊三十万美元的货,下月再赊货二十万美元,我保证下个月增加五百个新号码,然后,每个月新增一百个号码,也就是半年后保持一千个号码,一年后保持一千六百个号码!"邦尼听完我这段谈话,表情变换了好几次,我明白她心里在矛盾,要新增号码,就得赊货给我们,可毕竟是三十万美金的货。拒不赊货,华人市场潜力巨大,市场竞争又如此激烈,没有增量就会被淘汰。我的战略可操作性很强,她在犹豫和思考。几分钟后,她干脆地对我说:"Larry,我可以答应你,但你必须和我签署合约,一旦你不能百分之百兑现你的承诺,我将在你的佣金收入中全额扣除公司的损失。"我欣然应允,握手、击掌、互碰咖啡,预祝我们合作成功!

戴维与工作人员办理着各种手续,并挑着畅销的手机型号。三十万美元的货就这样拿到手了,看上去很不可思议,可就这样真变成现实了。就像今天在上海摩根盛通资本峰会上老师的讲课一样:一个种菜的老农,一辈子也挣不了五百万元,可组建生态有机蔬菜公司,经过包装上市,就可变成三十亿市值的大企业,这是神话,也是现实。

2015 年
19
10 月大

抢占市场

　　从邦尼办公室出来,我终于松了一口气。说实话,在美国,尤其是在纽约,能一次赊出这么多货,简直是不可能的。我打心眼里感谢邦尼的信任,也必须兑现对邦尼的承诺。能赊到货让我如释重负,庆幸自己的幸运,可戴维却显得有点儿忧心忡忡,最后他还是没忍住,担忧地问我:"Larry,你承诺邦尼第一个月新开五百个号码,以后每个月新增一百个号码,咱们能做到吗?"我笑了一下说:"年轻人,想从别人那里得到我们想要的,就得先拿出别人想要的,只有这样,我们才能更快更稳地走下去,才能把生意做大做强。至于能不能做到,得试一试、做一做才能见分晓,连试都没试就开始忧心,那我们还敢做什么? 努力吧!"戴维虽然不停地点头,但仍能从他的表情中看到些许疑惑。

　　我知道戴维认识一个印度人,是做解码电话的,他专门收购畅销款手机,然后解码再销往印度国内,赚取贸易差价。我们从邦尼公司拿的货,已经是批发价,为了让其立马变现,我们以每台便宜五美元的价格全部卖给了那个印度人,一下子把三十万美元的货变现成了二十九万多美元的现金。此时,我有点儿得意地对戴维说:"戴维,你不是总说你的老板没钱吗,这是什么,这算不算有钱了?"我指着装有现金的黑色塑料袋说。戴维虽然生在美国、长在美国,但做事的风格还是比较保守,他对我说:"是的,确实你现在拿着这么多现金,但这是赊货的钱,并不真正属于我们。"我反驳道:"这个钱有利息吗?我们是不是可以随意支配?这个钱不是我们的是谁的?告诉我。"不等他开口回答,我就到柜台帮 Lisa 整理货物去了。

第二天,我开始实施进驻华人区的计划,到法拉盛找店面。周六、周日两天时间,一点儿眉目都没有。正当我筋疲力尽决定折返时,在一个韩国人的服装店里看到两节空柜台,上面摆着对外分租的标牌。一问,条件非常苛刻,两节柜台开价每月七千美元。我竭尽全力,拼命杀价,终于以每月四千五百美元的租金租了下来,但对方提出不签合约,房东有权随时让我们离开。即使这样,我还是决定租用。

我们制作了大大的招牌,印制了宣传页,我把 T-mobile 的各种计划用英文全部背下来。接下来的那个周六、周日,我坚守在新开的柜台前做起了营销员。这里的人流量太大了,超出了我的想象,再加上是地铁口,一波又一波的人潮向你涌来,一天下来,能让人累得筋疲力尽。

来这里的九成是华人,只要客户有需求,成功签约并不难。第一天我一个人就谈下八十个号码,第二天又是七十几个号码,此时我心里松了一口气,一个月开五百个新号码的承诺有希望完成了!

说起来容易做起来难,但我必须信守承诺。一个月至少有四个双休日,如果人流量都这么大,完成任务应该是绰绰有余。周一至周五我出去继续找门面,戴维在华人区店面,Lisa 在老外区店面,只有周六、周日,我才去华人区的店面上班。

2015 年
20
10 月大

初
战
告
捷

时间在忙碌中过得飞快，犹如白驹过隙，来不及暂停，来不及思考，甚至都来不及感受身心的疲惫。

连续三周的周一至周五，我跑遍了周围各主要商业街区，感受着这座城市最嘈杂、最热闹的气息，一次次地找到房东，询问可以租到的店面。但凡人流量大的地方，都会让我感觉特别兴奋，因为有人的地方就有买卖，有买卖的地方就有无限商机。

周六、周日我来到华人区店面做推销员。对于每位光顾者，我都热情友善地接待。虽然我英语不好，但我很下功夫，几乎每晚睡觉前都要拼命地用英文背宣讲内容，没几天，我已将 T-mobile 的各种用户服务计划用英文背诵得滚瓜烂熟。来到店中，我自信而又专注地为每一个客户讲解，尽量让每个客户都能开新号码。每当遇到外国人时，我就特别坦诚地告诉他们，其实我的英文并不好，只是为了把生意做好,我把所有的相关说明背了下来,虽然能勉强与老外沟通,但英文还是很蹩脚,请顾客谅解、关照。在我服务的众多客人中,居然有个外国人夸奖我英文讲得"very good",也许是我的认真和坦诚打动了他,他选择了"家庭计划",一下子开了五个号码。

当然,老天不负有心人,三周的时间,我这个华人区两节柜台的店面,新开电话号码多达四百七十个,加上长岛老外区 Lisa 那边新开的三十个号码,承诺邦尼第一个月新增五百个号码的任务提前完成了。

与此同时,我利用周一到周五,三周共十五天时间的奔波也有了成效——在附近的繁华地段租到了一个独立店面,合约很顺利地谈了下来,接着就开始装修。从招牌制作到霓虹灯、吊顶、玻璃安装,等等,我都亲力亲为,比起第一次,我已是轻车熟路。

一天,我在法拉盛一家灯具店买灯具,一上午没挑到合适的,有点儿筋疲力尽地走在繁华的缅街上,突然在 39-1 位置处看到一间非常显眼的店面,上面用英文写着"对外出租"的字样。我不禁感叹,这么好的位置,如果能租下来卖手机,生意岂不更好,而且我手里还有二十多万美元的现金可以投资。

刚刚租下的店面还没有装修完,为什么非得这么着急租下这间门面呢?这是因为法拉盛是纽约的著名唐人街,是纽约皇后区境内的一个繁华小镇,也是亚洲裔移民特别是来自中国台湾、韩国、中国大陆等地的移民聚居最密集的地区之一,更是成熟的具有浓厚东亚风格的大商圈。同时,法拉盛也有许多西班牙裔、非洲裔、印度裔及长久居住的白人。如果我能把这个店面租下来,生意将事半功倍。

我走过去了解了一下,这个店面是一位犹太人的,原本做的是服装生意,主营"哥伦比亚"风格服装,可能是经营不善,也可能是想改行做其他行业,犹太人将店面分隔成了两部分,其中较小的那部分大约三十平方米,挨着缅街拐角,是对外出租的。但是,这处小小的店面想

要租下来就得一次性支付五万美元 Key money（房租之外的小费），以后每月更是高达一万五千美元的租金，真是寸土寸金啊。

据说有好多人都跟那位犹太人谈过，想把租金降下来，可是都没谈成。对我来说，也许会更难。可面对机会，我不可能放弃。只需想象一下，就能预测到在这里做手机生意会是何等火爆。我暗自庆幸，它还没被租出去。而我，一定要想办法，也一定有办法把它从犹太人那里低价租下来……

2015 年
21
10 月大

念
念
不
忘

　　那天我一直在犹太人的店门前徘徊,透过玻璃门向里看去,可见一个抽着烟的男士正百无聊赖地坐在店中,从他娴熟的动作里可以看出他平时应该很喜欢抽烟。他穿着休闲、整洁,头上戴一顶黑色小帽,小帽很小,略大于拳头,浅浅地扣在头顶,他应该就是要出租房屋的那位犹太人。

　　犹太人在很多场合都习惯戴着帽子,戴在头上的那顶帽子被称为犹太小圆帽,在希伯来语中叫"基帕"(Kipa),意为"遮盖",其意是表示对上帝的敬畏:头上有天,不可光头以对,所以要用帽相隔。

　　正在我仔细打量这个犹太人时,一个人匆匆忙忙地要进店里去。他长得有些胖,但行动举止挺灵活,穿着得体,一看就是做生意的。我问他:"不好意思,你是来租这处店面的吗?"他看了我一眼说:"嗯,是的,租金太贵,上次来过没谈成,这次再试试吧。"话没说完人就进去了。但没过多久,他就快快地走了出来,结果可想而知。

不知不觉,我在这家门店旁边徘徊了一个下午。大家都知道,纽约市的经济发展是以曼哈顿为中心向外扩展的,而与曼哈顿相距大约五英里的法拉盛就是皇后区的经济中心。法拉盛之所以能够吸引大批移民到此定居,是因为这里还是皇后区重要的交通枢纽,也是纽约地铁 7 号线的终点站,有二十四条巴士线路经过法拉盛,并且还能经长岛铁路直通曼哈顿。更重要的是,居住在长岛、威彻斯特以及新泽西州的华人,都会来法拉盛购物消费。人们不是常说嘛,做零售业成功的最重要条件除了位置还是位置。

我边走边思考,一想到这个绝佳的位置,心里就兴奋不已。我并没有贸然进去,我得好好想想如何从精明而又智慧的犹太人那里租下这家店面。

到了月底,我们最终新开了五百四十多个号码,超额完成了对邦尼的承诺。而且,刚刚租下来的独立店面已经在一周内装修完毕,虽然没有法拉盛那家犹太人的店面位置好,但我还是很用心地进行了装修。T-mobile 的各种宣传物什都摆放在客户最容易看到的地方,还在墙面上张贴了各种宣传图片。

为了庆祝这个小小的业绩,我们所有员工(其实就三个人,我,戴维和 Lisa)找了个温馨的小馆子小小庆祝了一下。在这个小小的庆祝会上,我第一次表扬了戴维,并郑重宣布:任命戴维为这三家店的总经理(General Manager)。戴维显得有点儿激动,Lisa 也很开心。

小小的庆祝并不代表我对现在的情况非常满意,更多的是鼓励我们这个小小的团队,激励他们的士气。高兴之余,我依然忘不了那个犹太人的店面,也一直在苦思冥想……不知什么时候就进入了梦乡。

第二天上午,我坐地铁来到法拉盛的那处店面,那个头戴小圆帽的犹太人依然坐在那里,边抽烟边看着报纸。我将提前买好的香烟放进口袋,手里还提了两大杯咖啡。我走到门口,将写有"对外出租"字样的广告撕了下来,走进去后又将卷闸门"唰"地拉了下来,顺手拔了钥匙。

犹太人看到一个身材健硕的男士,这么粗鲁又莽撞地走进来,他放下手中的报纸,拿烟的手停留在半空中,睁大眼睛但依然镇定地看着我向他走近。

2015 年
22
10 月大

希望初现

　　我走进犹太人的店中,空荡荡的房间和十净的木地板直接映入眼帘。席地而坐的犹太人仿佛想站起来跟我打招呼,我示意不用,带着友好的微笑利索地坐在了他的对面。

　　"你好,我叫 Larry,我想租你这处店面,希望你能租给我。"我开门见山地说,然后将烟和咖啡放在了木地板上。我也点上了一支烟,让我和他的距离又近了一些。

　　"嗯,我们的出租广告上写得很清楚,你需要先交五万美元的 Key money。"犹太人说话果然一针见血,在商言商,并没有因为我的突然造访或者刻意靠近而改变自己的态度。

　　"做零售行业的人很多,做通信生意的人也很多,但能把生意做好,并能按时支付你高昂租金的人应该不多。我是一个经商奇才,我已经有了三家门店,两个月内,从无到有,从一个小柜台到三家店面,如果你把这家店租给我,我一定会把它经营得特别好。"我真诚而又有些激动地说着,虽然语法混乱,但我不断重复关键性的单词,再加上我丰富而又形象的肢体语言,对面的犹太人应该是听懂了。

犹太人喝了一口我递过去的咖啡,视线从我脸上慢慢移向旁边的木地板,我知道他要说什么或者想要提醒我什么。不等他开口,我吸了一口烟,用生硬而又蹩脚的英文接着说:"广告上说的五万美元的Key money,我是绝对不会出的。你可以每月收我七千美元的租金,你要相信我,我非常懂得这个店面的商业价值,我会通过我的努力,将这家手机店经营得特别好。第二年你可以给我涨租金,生意一旦好起来,我会弥补你这次让步的损失。请你相信我,也请你给我一次机会。"

也许是我们都喜欢抽烟,也许是他对我也产生了一些好感,距离渐渐有所拉近。他有些调侃地说:"Larry,你知道吗,在美国,你这样贸然闯进私人区域,锁上门,拔掉钥匙,我现在报警,你会坐牢的。"

我赶忙递上烟,装作紧张的样子说:"我刚来美国,还不是太懂美国的法律,再说,我并没有任何恶意,还给你带了香烟和咖啡……"

看到我紧张的样子,犹太人脸上掠过一丝浅浅的笑意,我知道他只是开了个玩笑,我今天的某些做法也许真触犯了美国法律,但是,我相信他会原谅我的冒失,当然我更希望他会理解我的心情。

我们一边聊着,一边抽烟,一根接一根。很快,烟灰缸里堆满了烟蒂,屋里也弥漫着雾蒙蒙的气息,时间在不知不觉中度过。

从下午三点一直到晚上九点,约六个小时的谈判似乎触动了这个犹太人。末了,他有些为难地说:"我可以先口头上答应你,五万美元的 Key money 免去,租金按每月七千五百美元收取,但问题是,我得和我的合作伙伴商量一下,我并不能全部做主。他就住在曼哈顿,等我们商量好了再告诉你。"

即使这样,我还是很友好地感谢了他。这个结果我感觉不好不坏,他的答应算承诺,又不算承诺,不好不坏的结果让我感到心情平静,也可能是因为说了约六个小时,确实有点儿疲惫了。

从犹太人的门店里出来,夜幕已经降临,但法拉盛的夜生活刚刚开始,过往的行人,川流不息的车辆,道路两旁各式各样的霓虹灯肆意地炫耀着这个小镇的繁华和喧嚣。

2015 年
23
10 月大

相信的力量

孙正义最初创办软银的时候，公司只有俩员工，第一天开晨会孙正义讲话："未来我将是世界首富，你们跟着我也会成为最富有的人……"话没讲完，俩员工就跑了，说老板疯了。后来孙正义 37 岁时成为世界巨富，记者问他是如何做到的，他说："一切目标的实现都是来自毫无根据的相信！"

这就是相信的力量！

以前总听一位兄长说："读万卷书不如行万里路，行万里路不如经历无数，经历无数不如高人点悟，高人点悟不如自己觉悟！"当时听听也就罢了，这个耳朵进那个耳朵出，没有太深刻的感悟，也没有受到太多启发，总觉得有说教的嫌疑，因为若干年前我就在我的著作中详细论述过智商与情商的关系，深刻明白悟性就属于情商的范畴。

今天晚餐时又一次听到这段话，却感悟颇深，因为讲解者的确是位高人,他引经据典,用活生生的实例诠释了这段话。我结合自己长期跌打滚爬的实践,确实受益很深。其实对真正的成功者来说,不论他的生存条件如何,都不会自我磨灭自身潜藏的智能,不会自降可能达到的人生高度。只有不断感悟人生,才能锲而不舍地去克服一切困难,发掘自身才能的最佳生长点,扬长避短、踏踏实实地朝着人生的最高目标坚定地前进。

许多人之所以在生活中一事无成,最根本的原因在于其不知道自己到底要做什么。所以,在生活和工作中,通过自己对人生的一次次感悟,明确自己的目标和方向,知道到底想做什么之后,你才能够想方设法接近自己的目标,梦想才有可能会变成现实。很多人不敢去追求成功,不是追求不到,而是因为他心里面已默认了一个高度,这个高度常常暗示自己的潜意识:成功是不可能的,也是没有办法做到的。这种对心理局限的屈服就是无法取得成就的根本原因之一。也许"知识不如智力,智力不如素质,素质不如悟性"解释的就是这个道理吧!在人生的竞技场上,没有明确目标的人是不容易得到成功的。许多人并不乏信心、能力、智力,只是没有确立目标或没有选准目标,所以没能走向成功。这道理很简单,正如一位百发百中的神射击手,如果他漫无目标地乱射,也不可能在比赛中获胜。

日常生活中,我们常会听到人生"四识":知识、常识、见识、胆识。知识是基础,常识是大家都知道的或叫人生的应知应会,见识是经历的多少,胆识是悟性的结晶。拥有了这些,人生高度就会有很大的提升,你就拥有了准确的判断能力,你就能抓住机遇,立足于不败之地。很多事例证明,善于抓机遇的人,从来不会死等万事俱备,而是在确定目标和方向后心无旁骛地开始行动。如果你太想稳妥,总是等到万事俱备再出手的话,就会与机遇擦肩而过。现实生活中也确实是这样,如果你做事情的计划太详细,并且要求按部就班地去实现,你的生活将成为一幅呆板的图画。当你固执地描绘某块好看的颜色时,你将很难对整幅画进行整体把握,因为你失去了动态中对画面进行调整的机会,并且如果某种颜料用完的话,你可能要被迫停止工作。

世事洞明皆学问,人情练达即文章。

我回家后一直在重复这句话:"这顿晚餐真值!"并在电脑上记录下了自己的感悟。

2015 年
24
10 月大

等待

　　纽约是个让人爱就爱得要死,恨也让人恨得要命的地方,但凡大城市都这样吧。从中国的小城市移居到美国最大的城市,对我来说变化很大。在国内时,由于年轻,心思没有现在这般细腻敏感,所以对城市的观察不深,只有一些感性认识。随着年龄和阅历的增长,看一座城市就有了主观的视角。

　　纽约吸引我的地方就是她不断变化所带给人的惊喜,这种变化没有轰轰烈烈的造势,而是一点一点地悄然而至,有一天你认真地留意观察就会发现很多新的东西早已呈现在那里……

　　纽约的法拉盛是皇后区的一个小镇。小镇的名称,源自荷兰西南方一座名为法拉盛的城市,小镇最繁华的商业中心为北方大道与缅街。我走在法拉盛的缅街上,感受着这个光怪陆离的世界,两侧是鳞次栉比的高楼大厦,我感受到了繁华、忙碌、商机、竞争、压力。

　　此时的心情百味杂陈,兴奋之余还有点儿胆怯,在纽约这个人才济济、时尚、先进、包容的都市中,如何成功,如何才能像那些成功人士一样真正在这里有一席之地,如何能让自己真正属于这里……此时,突然想起毛泽东主席的一句话:"与天奋斗,其乐无穷!与地奋斗,其乐无穷!与人奋斗,其乐无穷!"这里的"奋斗"更多指的是迎难而上,不达目的不罢休。

　　"嘀嘀——"思绪被一阵喇叭声拉了回来,我向前走去,街道旁各个门店都很忙碌。来到美国后,我就喜欢上了咖啡,即使不吃饭,也不能缺了它。走到地铁口时,正好有一家门面不大但装修雅致的咖啡馆,走进去点了一杯咖啡,也想借此歇息一下。

　　找了个靠窗的位置坐下来,抬头向里面看看,装修别致的咖啡馆,老板一定是花了好多心思。突然看到一个熟悉的身影——戴维,我边打招呼边走近他,"戴维,你和朋友在……"本该欢乐的气氛瞬间凝住了,因为戴维对面坐的是 Lisa,我赶紧装作很淡定的样子说:"Lisa 也在呀,我刚刚在附近转转,看有没有合适的店面,一逛就逛到了这里,好巧。"戴维有点尴尬地笑着,Lisa 不知什么时候脸已经通红了,但仍然对我微微点头,算是打了招呼吧。

　　我识相地回到我的座位,心里有些犯嘀咕,两个人在一起有什么事情商量吗?"先生,请慢用。"服务员将咖啡端了过来,顾不上细品这咖啡是否正宗,草草地喝上几口我便离开了这里。

　　回到家都快十一点了,洗漱完毕,我拖着疲惫的身体上了床。躺在床上,脑子却像匹小马似的嗖嗖地跑着:戴维和 Lisa 会不会是在恋爱呢? Lisa 的眼神及脸色似乎已经说明了一切。如果他们恋爱,戴维还担任三家店的店长,合适吗?他能将全部精力放在店面管理上吗?美国是个很开放的国家,恋爱后可能很快会同居,他们又是上下级,会做好他们应该做的工作吗?戴维会严格要求 Lisa 吗……法拉盛缅街上的那家店真是太棒了,犹太人会替我跟他的合伙人说吗？他的合伙人会答应吗？一个好位置对零售业来说太重要了,如果他的合伙人不答应我该怎么办？我一定要把那家店租下来……身体很是疲惫,但烦心的事让我辗转反侧,夜不能寐。

第二天,我没有去犹太人的那家店,这是想给他充足的时间让其与合伙人沟通。但我并没有闲着,我来到华人区门店,想看看生意怎样,同时也帮着戴维招呼客人。因为不是双休日,所以戴维看到我走进来时有点惊讶,有一句没一句地跟我说着这两天的生意情况和琐事,对于昨天晚上的事却只字未提,仿佛一切都没有发生。我也没有提,只要不耽误工作,我还是看得比较开的,我们两个人各自忙碌着。

下午店里不太忙,我买了杯咖啡,又去法拉盛逛了逛。即使今天我不打算找犹太人,但那家让我非常中意的门店,我还是想再看看。每每走到那家店旁边,我都心潮澎湃、热血沸腾,想象着这家店将来的兴隆,规划着自己生意的蓝图。

再次造访

第三天,我早早地来到了法拉盛缅街上犹太人的那家门店,依然带着咖啡和香烟。

这次,他没在那间空房子里,而是在隔壁的服装店里待着,生意有些冷清。我像见到老朋友似的,跟他熟络地打着招呼,殷勤地递上咖啡。

"嗨,兄弟,还记得我吧,我太中意你们的门店了!"我毫不吝啬地表达着自己的感情。犹太人当然一眼就认出了我这个大高个儿。

"嗯,我的中国朋友,见到你很高兴。"他回应着我。

"突然造访,不知道会不会打扰到你的生意。"我客气地说。

"没关系,您稍等一下。"他边说边拨电话,随后进来了一位印度裔小伙子,他们对视了一下,心有灵犀地点了点头。之后,犹太人把我带进了隔壁——上次我们聊天的空房间,也就是我念念不忘的那处店面。

我们依然席地而坐，犹太人点上一支烟，抽了两口，显出有些为难的表情，微皱着眉头，说："我昨天去了曼哈顿，找了我的合伙人，也说了你的情况。"他顿了顿，他这么一停顿，我的心都提到了嗓子眼儿。这语气、表情和这苍白的述说，弄得我像接受审判的犯人一样，对他下面的话充满了担忧和恐惧，我不希望我的生意蓝图横遭变故，更不希望刚刚燃起的希望之火就此熄灭……

"我的合伙人对你出的租金和对小费的减免非常不同意，你那天给我讲了好多，我把我能听懂的、可以记住的东西都跟他说了，当然我也有加上对你的赞许。"他停下来，喝了一口咖啡，我认真地听着他讲的每一句话，生怕漏掉任何一个单词。

他接着说："经过我和他商量之后，决定按照之前我们的口头约定，把店面租给你，但你的信用问题、资产问题、财务状况等我们需要调查一下，你也要给我们提供银行的相关账单，我们最起码要把店租给一个真正有实力的人。"

我听懂了几个关键单词，大致知道他在讲什么，但我刚来美国，什么信用情况、银行资产情况等，不能说好也不能说坏，因为这些根本就是零记录，我如何证明这些情况呢。

我着急地向犹太人解释着我的实际情况，述说着我其他三家门店的红火，不断强调自己是创业奇才。但我的英语水平实在有限，无法用英文准确而又形象地展现我想要表达的意思，只能不断地重复这几个干巴巴的单词。我已经急得满头大汗，他认真地看着我，似乎懂我，又似乎不懂我。

最后，他有点不耐烦地看了几次手表，仿佛有其他事情。我费尽口舌，但语言上的沟通不畅，让我感到有心无力，最后我要赖般地说："你不答应我，我就不走了。"犹太人也许被我的冲动和幼稚逗到了，扑咪笑了,说:"我的中国朋友,你不要着急,我没有说不租给你,你回去想想办法,我也找我的合伙人再沟通,好吧?"

我知道他已经下了逐客令,再怎么样也不能耽误别人的事,我依然满怀真诚地谢着他,很不情愿地离开了他的店面。

为什么这么难呢?我在回去的路上反复思索着,同样是谈判,邦尼就那么干脆地答应了,这个犹太人怎么比石头还硬,是哪里不对呢,是不是对方没有完全懂我的意思……突然,我想起了问题所在:与邦尼谈判的时候,戴维可是全程帮我翻译的。对!就是缺个翻译。我自问自答地思忖着,仿佛又看到了希望,加快了脚步,信心十足地向地铁站走去。

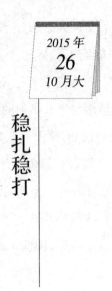

稳扎稳打

短短几个月，我的手机店开到了三家：长岛老外区的店，地铁口的两个柜台和刚刚装修完成的独立店面。犹太人的那处店面算是筹划中的第四家。

我们现在不仅要招兵买马，更要规范各个门店的制度，尤其是财务收支制度，每天售出多少部手机，新开多少号码，应进账多少钱，每天下班之前必须对上所有账目，月底要整理财务台账，实收多少，出货多少，毛利润多少，都必须规范起来。

在我跟戴维沟通这些事情的时候，才知道戴维其实已经在招聘合适的员工了，而且已经面试了好多人，并为新店储备好了员工。戴维最近显得精神了许多，天天忙得不亦乐乎。

这天，我去我们新装修的那家店看新上岗的三名员工，戴维刚好也在那里，正在给新员工做指导。看到我进来，戴维忙给新员工介绍：

"我给大家介绍一下,这是咱们的老板——Larry。"他们都是会讲中文的亚裔,这个是我跟戴维说过的,一定要找会说中文的。其中两名是Full time(全职的),另一名是Part time(兼职的),他们的年龄与戴维差不多,很有礼貌地向我问了好。

我仔细地审视着这个精致、现代的店面,心里挺满意。此时,戴维放在柜台上的电话响了,我无意中瞥了一眼,来电显示是"Lisa"。戴维没有马上接听,而是走出店面,走到稍远的地方去接听。看到他的行为,我心里感觉有点塞塞的。他避开大家去接Lisa的电话,他们之间肯定有什么事情不想让外人知道。

美国人最讲究Freedom(自由),戴维工作以外的事我无权干涉,何况这些都是我的猜测,他们的关系会不会影响工作更是后话,我还是暗中观察一段时间再说吧。

临下班的时候,我给戴维说了法拉盛犹太人店面的事情,戴维立马来了兴致,说了一大通法拉盛缅街如何繁华,人流量如何多,寸土寸金,等等。我耐心地听戴维讲完,慢慢地说:"戴维,你讲的这些我非常赞成,但现在有个问题……"我将与犹太人之间的谈判及困惑给戴维讲了一遍,没等我说完,他就说:"Larry,我给你当翻译吧,上次在T-mobile总裁邦尼的办公室,我们配合得天衣无缝,想都不敢想的事情居然办成了,这次简直就是A piece of cake(小事一桩)。"正中下怀,还没等我开口,他就主动提出来陪我去再谈一谈。

我真心喜欢也很重视这家店面,当天晚上我思考了很久:到底该怎么说才能打动那个犹太人呢?

2015 年
27
10 月大

终
于
如
愿

　　这天的天气很好,万里无云,在蔚蓝的天空下,这个城市显得异常漂亮,我的心情也特别舒畅。

　　我和戴维早早地来到法拉盛缅街,街上好多门店还没有开门营业,热闹程度远不及晚上。路上行人倒不少,估计都是赶着去上班。我们带着提前买好的咖啡和香烟,直接来到犹太人的店面。

　　本来我还担心这么早他的服装店不会开门呢,远远却看到一个头戴犹太小圆帽的人从服装店走进隔壁的门店。看来,犹太人不仅是这个世界上最聪明的,也是很勤劳的,我们加快了脚步……

　　又是不请自来、突然造访,犹太人似乎也习惯了,我简单地向他介绍了我的合作伙伴兼翻译——戴维。戴维虽然年轻,但有他在,我感觉自己的底气和信心足多了。流利的中文表达,让我整个人看起来更智慧、更敏锐,与之前蹩脚的英文表达有着天壤之别。

话匣子一打开就停不下来了，我从在美国做第一家手机店开始讲，接着又说了自己的优势，在创业和经商方面独到的见解及天赋，然后又说明了个人信用和财产状况。讲到租金问题时，我反复强调自己一定会把生意做好，一定会按时交房租。如果他的服装生意不好，我有信心把服装店也租下来，因为我相信我的手机生意一定会成功……母语说着就是顺溜，不知不觉我说了好多，连咖啡都没顾上喝一口，也忘记了时间。

戴维在我的感染下越发自信，声音也越发洪亮。我相信戴维翻译得一定很精准，我看到犹太人一直在点头，并认真地看着戴维讲话，偶尔也会看向我。

"你太了不起了！我的中国朋友，我终于明白了，你的好多思路以及你的坚持也让我很感动，我一定帮你说服我的合作伙伴，还有，你的翻译很棒。"犹太人在谈话快结束时有些激动地说。我感觉，今天他除了更加明白我的话语，更加了解我这个人之外，也为我接连多次拜访、坚持不懈的精神感动了。

我们又寒暄了一会儿，我不断地拜托和感谢他。

我和戴维告别出来时已接近中午。在刚才的谈判中，我清楚地听到犹太人说了一句"我一定帮你说服我的合作伙伴"，但出来后还是问戴维，想进一步确定是否真有这句话，得到戴维肯定的回答后，我终于松了一口气，拍了拍戴维的肩膀说："戴维，这次你又立了大功啊！"戴维笑着说："哪里哪里，还是老板说得好，没有老板的思维和口才，我往哪儿翻译呀？"也许是我俩被这互相吹捧的行为逗乐了，我们相视大笑。随后，我带戴维来到附近的一家中餐店，因为我已经听到戴维的肚子咕噜噜叫了。

已经四十出头的我，为了扩展自己的生意，没有礼拜天，没有节假日，天天忙忙碌碌，除了夜里睡觉，几乎没有休息的时间。

作为移民,要想快速在纽约站住脚,就必须坚持不懈地努力奋斗。我深信,再苦再累,只要坚持往前走,属于我的风景终会出现!放弃好端端的银行行长不干,只身移民纽约,是自己的选择,我无怨无悔。

不记得是谁说的,青春一经典当,永远无法赎回。过去只可以用来回忆,别沉迷在她的阴影中,否则永远看不清前面的路。不要期望所有人都懂你,你也没必要去懂所有人。时过境迁是人生的规律,无须伤春悲秋。

那天晚上,我想了很多:如何尽快租下犹太人的店面?为何放弃银行行长的工作而来到异国他乡?今后的人生如何规划?如何让手机连锁经营迅速而有序地发展起来?怎样处理好各家店的调货与财务管理……要思考的问题太多太多。

自己弄了两个小菜,一瓶杰克丹尼独自喝完。喝醉了,醉得一塌糊涂!一觉睡到第二天中午,一看手机,好几个未接电话,其中一个是那位犹太人打来的,没顾上刷牙洗脸,便回了过去。电话接通后犹太人说:"Larry,我已与我的合作伙伴谈了你的情况,他下午三点从曼哈顿赶过来,在我们店里谈合约细节,请你准时赶到!"我连连答应说:"一定一定,三点见!"放下电话,我立即精神了很多,并通知戴维准时赶到。

下午我带着两位犹太人,看了我们在法拉盛的两处店面,并介绍了长岛的那处店面,然后我们四个人来到星巴克咖啡店,坐下来谈合约的具体条款,最后达成协议:交三个月押金,第一年每月租金七千五百美元,第二年每月租金八千美元,免去五万美元的 Key money,给一个月免租装修期。太棒了!完全达到了我最初的目的,我的小心脏怦怦直跳,兴奋得快要跳出来了,但我依旧故作镇定,显得沉着冷静。

我自信,这家店一旦开业,将会是法拉盛最火爆的手机店。我在想象着手机生意的前景,对未来充满了憧憬……

大
龄
学
英
文

　　光阴荏苒,时间如梭。眨眼工夫,我到纽约已一年有余,从最初的一无所有、一无所知,到在创业路上获得初步成效,我靠着一腔热情和没日没夜的努力,拥有了自己的小小团队。

　　这期间,我一直在抽时间学习英文。在国内上学时也学过英文,但几乎已忘干净了。当真正来到异国他乡,用英文工作、生活的时候,说自己像个哑巴一点儿都不过分,何况我已人到中年,当年在学校学的那点儿英文根本派不上用场。

　　在纽约生存,单单维持生活,做点苦力,打份零工,不讲一句英文也可以。可你要想做生意或实现自己的梦想,不会英文可就寸步难行了。英文对我来说太重要了,我一定得学,而且必须学好。我决定从最基础的开始学,记单词、背日常用语、学语法等。

　　为了更有效地学习,我还在附近的大学报了个培训班。我有幸在

培训班里结识了一位才华横溢的美籍华人教授,他在四十岁时因为杰出的数学才能,很容易地拿到了美国绿卡。他的发音是否准确先不提,他讲英文时语法和句子都会出现很明显的错误,但这丝毫也没影响他在美国顺顺利利地生活和工作了二十年。他用英语给美国人上数学和工商管理课,还取得了不错的教学成果。

到底是什么原因呢?通过这几个月的实践,我才渐渐明白了其中的道理:如果以达到有效交流为目的,英语的发音、语法、句子绝对没有国内的各种人士所强调的那么重要,而被国内人士忽略的却恰恰是最重要的因素:符合英语文化和习俗的正确方式、方法和内容。

语言是文化和习俗的载体,虽然人类的各种语言多少有相通的一面,但是更多的是其特殊的一面。西方文化不同于中华文化,例如她崇尚"积极进取(positive or ambition)"的态度,和中国人谦虚、艺术的处世、说话原则经常发生冲突,构成有效交流的障碍,这就是所谓的文化冲突及差异。

每天晚上吃完饭,我就逼着自己到地下室,跟着李阳的《疯狂说英语》VCD 一句句大声朗读,先是学了 120 句,套用和延伸到 1200 句,我英文的听说能力提高迅猛。同时,在每晚学英文的休息期间,我会在心里计划着明天要做的工作。

2015 年
29
10 月大

储备人才

这天我早早地起来，随意吃了些早餐，来到法拉盛的独立门店。戴维也刚刚来上班，正在整理昨天下午收到的货物，上班没几天的两位新员工在帮忙拆箱、摆货。这两位新员工今天才从地铁站门店调到这边。

我意识到了人手不够的现状。

待他们将货品整理得差不多时，我招呼戴维过来。我俩商量了一些事，准确地说，我是在以老板的身份给他布置任务。我和戴维站在店门口的便道上，我习惯性地点上一支烟："戴维，法拉盛缅街上的店面马上就要装修了，目前可以说我们已有四家门店。一个月后，缅街上的店面一开张，必须有精兵强将长期战斗在那里，以咱们目前的状况，可差得远啊。"

"老板，这个我早就想到了，招聘信息发布出去了，今天下午还约了一个人过来面试。"戴维说道。

"戴维,像 Lisa 这种对手机业务毫无经验的人不再招聘……"说到这里,我看到戴维脸色有些惊讶和疑惑,忙解释道,"当然,Lisa 这个姑娘我特别喜欢,很聪明也很用心,我对她的工作很满意。我的意思是,咱们之后招聘员工得全部用有经验的人,用国内的说法就是'挖'。你就从华人店面或其他店挖些业务娴熟、有经验的、会讲中文的员工,咱们的客户华人比较多,一定要会讲中文,精通英文更就不用说了。全职、兼职都招聘。"戴维边听边点头。

我弹掉烟头上的烟灰,继续说道:"招聘对象最好以年轻、漂亮的女孩为主,男孩为辅,多面试几个,要求性格开朗、工作踏实。"

戴维说:"没问题,老板。缅街那家门店装修不忙的话,你多来这边看看,也帮着面试面试。"

"你自己做主吧!我相信你,戴维。"我鼓励道。缅街的新店马上要装修了,昨天联系到了几个工人,我还得去买材料。好不容易租下来的门店,我得花心思好好装修一下。

我每天都往返于法拉盛缅街和住所,看着店面一天天装修好,心情挺好,而且,这边的人流量真是大呀,尤其是周六、周日,而且大多数为亚洲面孔。

招人工作还算顺利,我只要有时间都会去其他三家店看看,一方面是想看看生意怎么样,另一方面也是注意有没有特别优秀的员工,为缅街店的店长做个储备。

后来,我还真注意到一个男生——杰瑞,个子一般,人看着特别机灵,戴维也给我看过他的简历。杰瑞的老家在福建,他的父母来美国都将近三十年了,算是老移民了,但是家境并没有想象中那样好。在国人眼里,能定居美国的中国人肯定都特别有钱,其实不然,杰瑞家就不属于有钱人,生活过得还是比较清苦的,三口之家租住的是两室一厅,连个单元房也买不起。

杰瑞在皇后大学读书,和戴维一个学校,目前是大三,由于所修学科学分不够,正好又需要时间出来打工养家糊口,他就办了休学手续。我注意到杰瑞并不是因为他的家庭,而是他的工作经历。别看杰瑞年纪小,他已经有近三年的手机销售经验,而且在其他手机门店当了有一年多的 Manager(经理)。

趁中午休息时,我跟杰瑞聊了一会儿,发现他对手机店生意的经营有自己独到的见解,而且还积累了一套操作性很强的店面经营管理制度,对各类表格计划、手机业务套餐等更是了如指掌。待法拉盛缅街上的门店装修好后,我打算让杰瑞去那里当 Manager。到时候,戴维就是四家店的 General Manager 了。

目前虽然还有一家店没有开业,但我们已经是十个人的团队了,长岛店一人,地铁口的两个柜台两人,独立门店有四名员工(两个 Full time,两个 Part time,需要轮班的),再加上杰瑞、戴维和我本人。有了自己的团队,就要不断加强团队建设,增强团队凝聚力。

从大店开业之后,我们就形成了全体员工月底聚餐的习惯。我会让戴维提前在附近中餐馆定个包房。选中餐是因为我们团队里除了 Lisa,都是中国同胞,大家还是非常喜欢中国菜的。

聚餐过程中,每个人都会说说自己近期的工作以及对工作的看法、建议,也会聊一聊各自的梦想。由于员工都是年轻人,跟他们在一起,我也感觉自己仿佛回到了二十多岁。偶尔还会定一个包房去唱歌,让这帮年轻人一展歌喉!

2015 年
30
10 月大

与戴维的谈话

　　时间过得很快，天气也慢慢变冷了，极具欢乐气氛的万圣节、圣诞节都已经热热闹闹地度过了，这天也是个特别的日子：2 月 14 日，情人节。这天我早早地让员工们下班了，从对待员工上讲，我还算是一个非常仁慈的老板。

　　我和杰瑞今天专门来缅街上的店面看看，这个店快装修好了，我们也是过来看看效果的。法拉盛繁华的街道上，随处可见卖玫瑰花的商贩，感觉连空气中都弥漫着浪漫的味道。

　　我和杰瑞离开店面时，已经接近晚上八点。他去地铁站，我开车正好可以捎他一程。说实话，杰瑞是一个特别勤奋的男孩，我非常看好他。在车上，我开玩笑地说："杰瑞，今天辛苦了，本来约的是戴维陪我来看新店装修的，他有些事来不了，下班这么晚，不影响你约会吧？"杰瑞尴尬地笑了："老板，没关系，何况我也没有什么约会，戴维还得陪

Lisa 呢，我吧……"可能是意识到说错了什么，他突然停住了。为了化解尴尬我接着说："看人家戴维，你也得努力呀。"我们就这样说笑了一路。

其实，戴维和 Lisa 之间的关系已不是秘密，同事们都知道，只是从来没在我面前提过。结果和我猜测的一样，我并不惊讶，只是心里有些担忧，我决定找个合适机会跟戴维好好聊一聊。

几天后，我来到法拉盛大店附近办事情，顺道去看看店里的情况。戴维正在给一个客户开新号码，认真且娴熟的工作状态让我心里颇感欣慰。等客户办理妥当离开后，我走过去跟戴维说："今天下班有时间吗？我想跟你聊一些事情。"戴维先是下意识地怔了一下，接着反应过来，机械地连连点头："有时间。"

下班后，我们将店门关上，坐在客户接待区，冲了两杯咖啡，隔着玻璃可以看到街道上已是华灯初上，挺热闹的。

我跟戴维也算是比较熟了，没有太多的寒暄，我喝了一口咖啡，开门见山地说："戴维，从我们相识到现在，咱们之间的合作还是挺好的，生意也开展得比较顺利。说句实在话，如果没有你的协助，手机生意可能做不起来，当然，如果没有我的战略和资金，也是不行的。我很珍惜我们之间的合作，也很珍惜我们一起奋斗过来的兄弟情义。"

我顿了一下，瞥了一眼繁华的街道继续说道："你和 Lisa 的事，我也听说了，我个人很支持也很看好你们之间的感情。Lisa 这个女孩不错，像我们这些在异国他乡打拼的中国人，能找个外国女朋友，是挺难得的事情，也挺给中国男人长志气，真的是挺值得祝贺的一件事情。但是，戴维，我是一个直爽的人，有些话我就直说了，你作为这几家店的总负责人，在工作中要严把对各位员工的考核关，不要徇私枉法，更不能影响工作。否则，我会按制度来处理任何人在工作中的失误。戴维，记住一定不要影响工作，我们走到今天所获得的一切特别不容易，我希望我们的事业越来越好,也希望你、我越来越好。"

听到这些话,戴维显得有些局促,挺直了身子,说:"Larry,虽然你是我老板,但我一直把你视为长辈,一直也挺佩服你的,你所担心的事情是一定不会发生的,我一定不会影响工作,我向你保证。"

戴维的回答在我意料之中,我接着说:"嗯,我相信你,戴维,这是我说的第一个事情。第二个就是,我们的第四家店马上要开业了,以后这些门店要有统一的管理制度、操作流程,确保我们的生意能稳步长久地发展。第三个就是,我们所有的员工,除了 Lisa,一定要说好中文,平时开会我都会用中文。"

戴维打断我说:"Lisa 现在能说些简单的中文,以后我会多教教她,不懂的时候我会给她翻译,会把公司相关的要求都传达到位。"

"好的。"我满意地点头,之后又语重心长地说,"戴维呀,我们华人在纽约发展不容易,一定要把生意做好做大,要逐步扩大我们的生意板块,不仅要占领纽约的市场份额,将来也要在波士顿开辟市场……"我很自信地向戴维说着之后的规划。

我们聊了好久好久,当我再次瞥向窗外时,街道上行人、车辆已经少了好多,不知不觉夜已深了……

2015 年
3
11 月小

静等花开

和戴维告别后,我跟父母通了电话,然后就想起了很多童年往事,不管是淘气闯祸,还是被父母打骂,都是那个年代最难忘也最珍贵的记忆。

一束灯光照过来,把我从久远的回忆中拽了回来,不知为何,我突然决定驱车到纽约郊区看一看。

纽约郊区的房子几乎全部是别墅,独栋的,双拼的,当然也有联排的,各家各户用白色的栅栏隔开,有各自的院子和车库,平时要经常修理自家院子里的树木花草等。如果太杂乱,影响了小区的整体形象,会有人来警告甚至开罚单的,所以,每家每户的草坪都打理得非常美观。

说起美国的别墅,跟国内的别墅在用材上差别还是很大的,国内用的主材一般是砖石或者钢筋混凝土,而在美国,几乎都是用木头来搭建房屋的框架,这样一来更环保、更生态,二来在发生地震等自然灾害时,能有效地降低危险指数。

房子框架出来之后,他们再在屋顶和墙体上铺装轻质砖瓦,一般都是红色的屋顶,白色的墙面,也有些用高档结实的PVC(聚氯乙烯)材料搭建墙面。遇到更为时尚的住户,他们甚至会刷上艳丽的颜色。在电影《剪刀手爱德华》中,爱德华闯入的那个小区,家家户户的房子颜色都不一样,形状整整齐齐的,结构很相似,煞是好看。当然,那是为了电影画面的效果而置的景,实际生活中并没有那么夸张。

我走在市郊,正好又是在春天这个花开叶茂、生机勃勃的季节中,不断有阵阵花香扑面而来,舒服、惬意,让我情不自禁地放慢脚步,享受这个季节的馈赠。那一排排整齐的别墅,在橙黄色的路灯下,显得特别温馨、漂亮。

抬手看看时间,已经凌晨一点了,明天还有事情要办,于是加快了速度,穿过弥漫着的花草香径直向我的住所赶去。

第二天,我开车来到法拉盛。在美国,买车容易停车难,而且停车的成本也挺高。所以之前我基本都是坐地铁过来。好不容易我找了个停车场,一天收费四美金,比较划算。将车停好之后,我来到缅街39-1号那个门店。

店面装修进度还挺快,硬装已经结束了,只剩下少量装饰及家具。这个店面之前是卖服装的,有一面墙原先是用防腐木桩装饰的,我让工人将上半截全部去掉,剩下一米多点的高度,再经过稍微修整,就做成了一排防腐木凳子,看上去很有创意。

柜台是专门找一个南非人开的家具店定制的,柜面和玻璃都是精挑细选的材质。手机放进去,在内灯光的映照下,效果非常棒。T-moible配送的特制的宣传物件、装饰物件,以及我前些天自己买的小物件,都用心地摆在了门店中。这样一来,店面虽谈不上高大上,但也相当精致。我心里确实挺满意,现在缺少的就是家具了。

租下这家店面已经有十三四天了吧,第一个月是犹太人给我的装修时间,是免租金的。我打算用半个月装修好,马上就开业,把生意给做起来,争取达到其他三家店面销售额的总和。

我拨通了戴维的电话,与他商量明天搬运家具的事。戴维说已经联系好了,明天上午可以送过来,家具的样式都是按照我的意思选的,订金已经支付过了。"好的,戴维,干得不错,先这样吧。"我们简短地沟通后便挂了电话。戴维跟了我这么长时间,办事越来越麻利,想到这里我还真有点儿得意。

马上要迎来缅街新店的开业,心里确实有点儿激动和兴奋,希望一切顺利。

2015 年
4
11 月小

变身顾问

一个周六,我们位于法拉盛缅街 39-1 号的门店正式开业了。

这天,我们一共调配了六名精兵强将过来,他们不仅有过硬的业务经验,而且还会说广东话、福建话、浙江话等。他们穿着专门定制的工装,在门口站成一排,早早地开始迎接客户。

法拉盛缅街上的客流量真是惊人,形形色色,各国移民及当地土著居民都有。我站在门店的最里面,观察第一天的销售情况到底会怎样。

只记得第一个客人走进来时的情景,站在最前面的工作人员接待了他。不知从什么时候开始,店里已经站满了人,六名员工都在忙着,有的甚至一个人同时招呼两个客人。他们一手拿着手机,一手拿着合约,耐心地给客户讲解,中英文随意切换,完全满足客户的语言习惯。看着他们熟练地开了一个又一个新号码,我欣喜的同时,也不禁感叹:

这里的客流量实在是太可观了,也太可怕了!

在免租金的第一个月中,我们用十七天的时间完成装修、装饰及人员配备。剩余的时间用于试营业,就在这刚开业的短短十三天时间里,我们一共开了二百五十八个号码。就单单这一个门店,我保守地估计了一下,一个月可以轻松开出五六百个新号码,心里很是开心。

一天,有一个专门从波士顿过来的客人,一说话就笑眯眯的,感觉特别好相处。他穿了一身休闲的深蓝色西装,皮鞋擦得干干净净,看来也是个挺讲究的人。

他进店向工作人员招呼了一下,没有表示要买手机,说想见一下门店的老板。当时我正在店里查看备货情况,刚好看到这一切,于是走过去说:"你好,我就是这家店的老板。"他热情地跟我握了手,我们彼此自我介绍一下,我便将他请到接待区,并端来两杯咖啡。

原来,他是过来寻求合作的。他是福建人,来美国七八年了,有自己的房产和生意。他在波士顿有个闲置的店面,打算做手机生意,今天正好来皇后区办点事,顺便到法拉盛逛逛。无意中看到我们的手机店,就进来看看,看是否可以合作。

他操着浓重的福建口音说:"Larry,你来自河南啊,河南人是中国最智慧和最勤劳的人之一,你一看就是经商的天才。都是中国同胞,兄弟得多帮帮我呀。像这个手机的进货渠道、工作流程、业务操作等,我一无所知,但我现在就想踏入这个行业,我看你的门店这么漂亮,生意也这么好,想向你取点经,能否帮帮我?"

听着他那略带奉承的话语,我笑了笑说:"过奖了,过奖了,小本生意,才开了四家店,只是个小老板,看看,我不也一样,天天自己也得守在店里干活!"

"Larry,你就别谦虚了,你说咱们怎么个合作法吧。"他直奔主题。

"合作的话,那可是个不小的事情,你看这样行不行,我们给你做指导及开业顾问,你看成吗?"我边寻思边说出自己的想法,初次相见的人,谈长期合作未免太唐突了。

"成,只要你帮我把店开起来就行。"他还挺随性的。

"这样吧,我们在一周之内帮你把门店开起来,各项准备工作我们全程跟踪服务,我们人也去波士顿几天。你这边呢,给我们三万美元的酬劳就行,合情合理吧?"在商言商,我并没有客气什么。

他犹豫了:"这样吧,我打个电话,跟家里商量一下。"他大概通了十几分钟的电话,之后我们又将细节沟通了一下,最后商定:在他的手机门店筹备期间,我带着戴维过去指导。我只待一天,酬劳两万美元,钱挣得蛮容易的。如果依旧待在我们太行山腹地的小山村,得用多久时间才能赚到这样一笔钱呀?

2015 年
5
11 月小

天道酬勤

　　波士顿位于美国东北部大西洋沿岸,创建于 1630 年,是美国最古老、最有文化价值的城市之一,引发美国独立战争的"倾茶事件"就发生于此。据说,波士顿是全美受教育程度最高的城市。

　　那个不期而至的福建人的店面就位于波士顿的唐人街。19 世纪,大批华工涌入美国的马萨诸塞州,他们中间有一批人在波士顿的平安巷落脚暂住,后来逐渐演变成了今天的波士顿唐人街,这里也是波士顿人口密度最大的地区之一。

　　波士顿唐人街一共有三条主街,近百家店铺,近一半人口为亚裔。作为盛名在外的中国城,她保留了许多中国传统。

　　街区入口有一座顶部用绿色琉璃瓦装饰的中式牌坊,前后匾额题写的并非"中国城"或"唐人街"之类的字样,而是"天下为公"和"礼义廉耻",令人肃然起敬。早年背井离乡的华人们,用这种方式坚守着心中的中国文化信仰。

这里与中国国内繁华的小城并无不同。中文招牌参差错落，往来的行人用各地方言随意交谈，以广东话居多。街边店铺鳞次栉比，粤菜馆、火锅店随处可见。这里俨然一个独立的华人小社会，只有身边人们口中流利的英文，才会让你意识到究竟身处何方。

我和戴维来到福建人的店面，他早早就在那里等待了，我进去转了一圈。这个店面比较靠里，客流量是有的，但当大多数人逛到这个地方的时候，想买的东西基本也买得差不多了，除非这里物美价廉，名声在外。其他的条件都不错，门店挺大的，空荡荡的，可以从头装修。我只负责店面的装修指导及向 T-moible 总公司争取到代理加盟权，开业前的其他工作全部交给了戴维。

我只在波士顿待了一天，戴维待了三天，把门店开业前的各项事情捋顺了他才回来。戴维给福建人留了电话，有什么疑问可以来电咨询。我们就这么轻松地赚了两万美元，真有些于心不忍，但同时也为这单生意而暗自得意，原来有些钱挣得这么容易，可惜这种生意不会常有。

这当中其实有个小插曲。

我们位于长岛的门店周六周日是不营业的，所以 Lisa 一周上五天班，休息两天。戴维在波士顿出差的这两天正好是周末。Lisa 驱车直接去了波士顿，不但可以帮助戴维，工作之余还可以一起约会。

对于他们之间的关系，其实我是不愿意多提起的，这确实也是值得祝福的好事，但作为老板，见到下属借公差时机谈情说爱，也是稍微有些反感的，后来听说他们从波士顿回来之后就同居了。

过了些日子，福建朋友打电话过来，说手机门店开业后生意挺好的，说了一些感谢的话，向我讨教了些生意经，最后还提到了戴维，说他能干、聪慧，是个好帮手。是的，平心而论，戴维这孩子真的很棒，无论是服务客人、拿下客人的单兵作战能力,还是同时管理几个店面的综合能力,都已经是驾轻就熟。更关键的是人品也很好,这一点最为重要!

别看手机店是个不起眼的小生意,其赢利能力却不可小视,绝不比其他传统行业生意差。再加上,我们几乎保证每家店面开张就赚钱,而且持续稳定,这是那段时光里我觉得最自豪的事情……真心感谢老天对我的眷顾!

来到纽约这么长时间,我几乎马不停蹄,因为我相信天道酬勤。虽然当初的梦想依旧遥不可及,但作为海外游子,又是在人地两生、语言不通的状况下,能直接创业也实属不易。我可以自豪地说,我的人生色彩是靠自己涂抹的,我会尽力将其渲染成七色彩虹,许自己一个尽可能少留遗憾的人生……

2015 年
6
11 月小

携梦前行

北美的春天很短暂,还没来得及捕捉和享受,就到了炎热的夏天。也许,美好的时光和季节会让人感觉稍纵即逝。当然,北美的夏天也有她的个性和绚烂,到处充满着青春的热情和火辣。

随着第四家店逐步稳定下来,我们每月的销售额犹如这气温似的,日日高升。我们开始大量购置手机,除了 T-mobile 的经典款式外,我还找到渠道从国内购置手机。

不要看现在美国的电子产品,尤其是苹果手机深受国人青睐,可在当时,中国产的手机并不比美国差。中国的手机直接从模拟信号发展到数字信号,中国手机产品在外国科技的基础上发展速度也非常快。最关键的是,中国手机的样式更多、选择性更大,可以说是物美价廉。

就这样,公司账上的结余越来越大,欣喜和兴奋让我更加有信心,更要想办法把生意做得更好、更大。

我每月从 T-mobile 总代理那里拿货,要多少拿多少,不用现金结算,在佣金中扣除即可。T-mobile 在两个半月后才会把佣金给我。如果我能新开号码,说服客户继续用原来的手机,我补偿一些给客户,那么总部把钱打过来时,这中间的差价就是利润,何况前期我也不用垫资了。

有一天,一个看上去很有修养的中国人进店里来开号码,但我看到他原来的手机还新着呢。

"你这个手机还好好的,就不用了,多可惜呀。"我试探着说。

"有新的,还用旧的干什么。"他笑着说。

我继续说道:"老兄,你现在套餐是每月三十九点九美元,内含六百分钟的通话时间,夜晚打电话免费,而且没有长途和漫游费,你一年加上税也就五百多美元。你如果继续用原来的手机,我六个月后退给你三百美元,承担你一年中多半的话费,怎么样?"

他皱了皱眉头,若有所思地看了看我,说道:"听上去确实划算,至于手机,我也不是特别求新求异。可是,到时候你们不退我怎么办?"

我拿出一个小本:"看,我们公司有正规程序,我给你开个字据,你半年后拿着过来,钱一分不少地退给你。"

他这下算是放心了,想想确实也挺值得的。我给他开了一张六个月后退款三百美元的字据,他满意地离开了店面。

这就叫双赢,客户满意,我们也有收益。总部在手机售出两个半月后将佣金打给我们,我们在六个月后将三百美元退给客户。我们每开一个电话号码,至少可以赚一百美元,每个号码又能在三个半月的时间里无偿使用按约返还客户的三百美元,一千个客户就是三十万美元……这笔钱没有利息、不用分红,是无偿借款,比 IPO 都划算!

当然,其中还会有一笔可观的意外收益:客户因为字据丢失、无暇领取等原因无法过来退款,这部分钱虽说是应付账款,但时间长了没人来领取,也就成了我们的利润。

这样一来,公司的账户上就有了充足的现金,不需付出利息,就跟上市公司的钱一样,而且好处很多:一是我每月不用垫资那么多进货费用了;二是我可以获得更多纯利润;三是现金流充足,便于扩张业务;四是不造成手机生产资源的浪费,利于社会,低碳环保。

我就这样一步一个脚印地向着梦想迈进。如果你知道自己要往哪里去,如果你努力坚持着自己的梦想,全世界都会给你让路。

纽约市下辖五个区:布鲁克林、皇后、曼哈顿、布朗克斯和斯塔滕岛。到年底的时候,我的分店已经遍布这五个区,而且还在长岛收购了两家手机店。

开始我一直是租房子,每月都需要交房租。后来我干脆分期付款在长岛买了一套别墅,价值近八十万美元。

我将房子装修了一下,因为是自己住,所以装修比较考究。之后找银行对房子进行了评估,用这套房子贷出来一笔钱,再分三十年还贷款。

有了这一大笔钱,我又可以去做更多的生意了。

2015 年
7
11 月小

发展事业

时间过得飞快,我想到了 2004 年的春天,那时来美国已近两年,怎么说呢,痛并快乐着。每一天都过得很有意义,每一个早晨睁开眼,就知道要去做什么;每一个晚上临睡前,都细数自己离最初的梦想还有多少步;每一次取得了小小成就,都会兴奋之余还暗暗警醒自己。

我的手机连锁店生意稳步向前,一切顺顺当当的,戴维作为公司的二把手,把公司管理得井井有条,再加上几个能力颇强的店长,我们的营业利润越来越高。作为合伙人的我和戴维,手头积攒的钱也越来越多。

我的车是刚来美国时,从二手车市场淘来的白色雷克萨斯,此时经常会有朋友建议我:"老板要有老板的样儿,该换辆新车了!你看那谁谁谁,跟你没法比,但人家去年都开上奔驰了。"

中国人嘛,虽然都讲究低调谦虚,但骨子里的攀比意识以及好面儿的特性还是有的。我还是没有经得起诱惑,在一个朋友的推荐下,来到了一家宝马车专卖店。在专卖店里转了一圈,各款各型的车在展览区里放着。我一眼就相中了宝马745,它和奔驰S500、S550算是一个档次的。上面标注的裸车价为九万美元,加上税估计十一万多美元。我在工作人员的带领下试驾了一下,动力强劲,开起来很轻松,加速很快,很适合我的个性。

但是当时在国人眼里,奔驰仿佛更高大上。于是我们又去奔驰专卖店看了看,奔驰S550、S500也很霸气。我试驾了一下,奔驰就是奔驰,坐着就是舒服,但没有宝马有劲儿。中国人不是常说嘛,"开宝马,坐奔驰",真没错!思来想去,我每天都是自己开车,动力大是王道,于是最终决定买辆宝马745。

当自己在异国他乡真正开上宝马车、住上别墅时,确实有种在美国站住了脚的感觉。不到两年的时间就混成了这样,其实也挺佩服自己的,但个中辛酸苦涩也只有自己知道。

手机生意的发展其实到了一个瓶颈,我们之前一口气开了十八家店,接下来是否还需要扩张呢?我们是不是扩张得太快了,是不是应该审视一下,这个时候,求稳是不是更重要呢?我专门找戴维及各个门店店长开会商量,大家都认为稳健发展更重要。

不久,T-mobile集团对各个代理商进行了区域调整,我们之前是在邦尼那里开户的,邦尼管辖整个长岛区域,我们这边被调整到布鲁克林区域,负责布鲁克林这边公司的是一个叫内森特的人。

这个区域公司与邦尼公司有很多不一样,邦尼是印度人,其员工大多数也是印度人,而内森特是地道的本地人,其员工大多是白人,英文都说得特别好。当然,他们的管理理念也不一样。

每次与内森特交流都感觉特别吃力,他们公司的人也是,看到你也不搭理。即使交往了好久，也不愿意多交流。有时候，心里或多或少会有一些小挫败感。

2015 年
8
11 月小

入籍美国

也许是由于邦尼曾对我很信任，就像现在的风险投资似的，冒着三十万美元打水漂的风险与我合作，所以我对邦尼一直很感激，很乐意与邦尼的公司进行业务往来。划分到内森特的公司后，在我的内心深处，其实是挺排斥甚至拒绝和他们来往的。但我天生乐观、自信、勇敢，我相信通过我的努力一样可以跟他们交成很好的朋友。

由于我英文一般，每次去布鲁克林区域公司办业务，他们都不屑跟我讲英文，直接在纸上用英文简单地写上："你要多少？这次可以拿多少？支票开多少？"连个交流的机会都没有，因为我讲的英文他们听不懂，他们讲的英文我也听不懂。我明白我讲得不标准，他们讲得太快又太标准，所以他们懒得和我说那么多。

尤其是财务上的那个叫杰姆斯的老头儿，看上去比我大个七八岁，也就五十多岁吧，操着一口标准的男中音和地道的北美英文，说话时头都不愿意抬太高,也从来不叫我的名字。在他嘴里,我就是那个"不会说英文的大个子"。

越是这样,我越跟他交流,我是一个愈挫愈勇的人。再后来我就黏上他了,每次去都坐在他办公室不走,硬拿我的半吊子英文与他聊天。他也不好意思撵我走,没办法就抬起头和我聊,并接连给我加咖啡。越喝咖啡我越兴奋,就拼命与他侃大山,一侃就是两个小时,他也会不时地纠正我的英文,并教我几句标准的日常英文和一些 T-mobile 的专业术语。反正学英文的学费是免了,还是一对一的美国老师,我何乐而不为呢?因为在美国这个金钱社会,脸面一文不值。

一个偶然的机会,听别人说他比较喜欢中餐。出于工作,也出于感激,我就邀请他去最正宗的中餐馆吃饭,他很开心地接受了我的邀请。几次以后,我发现他其实是一个特别慢热的人,接触久了,就越来越了解他,他是一个特别可爱和善良的老头儿。当然,他家里举行 Party 或者酒会,也会邀请我参加,我们成了非常好的朋友。

我们每次聊天时,他都会有意放慢说话的速度,甚至重复我听不懂的地方。说句实话,我在杰姆斯那里学到了好多口语,那个阶段我的英文提高得也特别快。杰姆斯多次提到他非常喜欢我这个中国人,逢人便讲,从不隐瞒自己的观点。有时候会夸我是商界奇才、中国精英,我也欣然接受,因为我的确很自信。当然,我也十分尊重他,不仅把他当作大哥,有时也会把他当作在美国的老师。他不仅把我当真正的朋友,更多的时候也把我当作弟弟宠着。我们在闲暇时,会小酌两杯正宗的中国茅台。

记得 2005 年,我加入美国国籍那天,杰姆斯专门请假陪我去法院宣誓。可惜他是不能进去的,于是他在法院外面从上午九点一直等我到傍晚六点,一直在外面站着等了九个小时,我心里满是感激与歉意。

当我从法院出来时,完全感觉不到他的疲惫和烦躁,反而被他的激动和喜悦感染了,他还紧紧地拥抱了我。他说一定要请我吃饭,庆祝我在今天成为美国公民。

我特别感动,眼睛都湿润了。谁说美国人不讲感情,谁说美国人不讲真情,来美国这么久,杰姆斯算是我真正的白人朋友。晚上,我们简单地吃了个饭,也没喝酒,耽误了他一天,确实抱歉,我们吃完饭就各自回家了,想让他早点休息。虽然成了美国公民,我并没有改名字,英文名字一栏填写的依旧是中国名字的拼音。

晚上回到家,我兴奋不已,在这个特殊的日子里,我成为美国公民,终于完成了我的一个梦想,艰难的移民路终于修成正果。一个在山沟里长大的孩子,一个从小吃不饱、不会讲几句英文又到了不惑之年的人,单枪匹马,勇闯美国,获得了绿卡,最后又拿到美国护照。这不是梦,真的不是梦,如果是梦,那也是美梦成真的佳话与传奇,确实值得庆贺。

自己动手做了两个小菜,拿出珍藏许久的轩尼诗 XO,自酌自饮。不知什么时候就有些微醺了,不知道是因为喜悦还是眼涩,泪水忍不住地流了下来。想起来以前的好多事情,想自己为什么来到美国,想自己的学生时代,想自己在银行工作二十年的人和事,想自己最挫败的日子……

2015 年
28
11 月小

成为强大的人

内心强大的人，一定是怀揣梦想、坚持理想、探索思想和内心极其丰富的人！有这么一种人，特别容易得到上苍的偏爱：他总有自己的梦想，坚持着自己的理想，并且不停地为之努力，每一次上苍都会帮他取得进一步的成功。这种人是不是很令人羡慕？其实，我一直认为，与其说每个人都有自己的命运，人生各不相同，倒不如说我们自己打造了自己别样的人生。

首先，内心强大的人，一定是有自己坚定信念的人。

第二，内心强大的人，听到不同的声音内心不会焦虑。

第三，内心强大的人，是平和的、自信的、快乐的。

第四，内心强大的人，随时做着最坏的打算，却往最好处追求。

第五，内心强大的人，爱人如己，并尊重他人的选择。

第六，内心强大的人，在真理面前敢于承受千夫所指。

第七,内心强大的人,不在乎别人的误解以及世俗的偏见。

怎样才可以让自己的内心强大起来呢?

一是接纳自己、激励自己,拥有积极的心态。

二是必须学会主动地澄清你自己内心的真实想法。

三是不要过分地等待,要行动起来,因为等待的过程会让你慢慢衰竭掉。

2015 年
1
12 月大

关于日本的遐想

今天和一个客户聊起了世界各地的建筑风格和风土人情,他说自己很不喜欢日本这个国家。从民族大义的角度出发,我也很反感日本,但我仅从学习的角度谈谈自己的看法。

2013 年的 10 月 1 日到 10 月 8 日,我有幸参观考察了东京、名古屋、京都、大阪等城市,让我对日本有了新的看法。

这次日本之行是我单独的旅行,也是我第一次去日本。说实话,之前我对日本是有偏见的。从儿时的电影和父辈的讲述中,我觉得日本人是十分野蛮的族群,尤其是南京大屠杀这一惨无人道的历史事件使我对日本有着很深的民族仇恨。尽管长大后明白日本经济很发达、技术很先进,可坏印象一直深刻地印在大脑里。

这次日本之行,几乎颠覆了之前的印象,我处处感受到日本人的做事风格:把工作看成神圣、严肃的事情,而且认认真真地去完成它。

服务人员对我尊敬的态度,做事的认真程度,体现在每一个细节。用精确、严谨、创新来形容日本人并不言过其实。

这个客户听了,表示很受启发,想和我成为好朋友。我也很激动,因为我很喜欢这种在合作中结成的友谊。于是,我特意写了两首小诗激励自己,也送给五湖四海的朋友。

诗一:

没有豪言壮语

忘却人间论道

更无一丝张扬

只愿把爱默默奉献

你那谦和的面庞

怎能抵挡住对真爱的喝彩

无数次心灵相约的光环里

融化了生命感悟的机缘

顾游四周轻拂的晚风

共同撑起上苍赋予的渊源

细听一壶静夜喧响的茶沸声

托出一轮又一轮的人生夙愿

用真诚当美酒

拿直感当杯盏

干杯在孔子诞生的国度

品赏在生命警醒的瞬间

撞击出一种共鸣的语言

在滚烫的追寻中蔓延

让资源达到最佳配置

滋养各自遗落的桑田

向合作的神明满礼跪拜

创造震耳欲聋的宣诠

点击理想彼岸的狂欢

让春雨滋润心灵

夏花点缀绚烂

秋实收获硕果

冬松在你我生命的桥梁中蜿蜒

我灿烂如同你灿烂一样

光彩照人万丈金焰

诗二：

一次又一次的交心

上苍安排的机缘

一轮又一轮的心动

那绝非偶然

是沉年积淀的哀怨

必须抛去旧时的梦幻

挥舞一条崭新耀眼的弧线

岂能仅是一条生产可能性边界

那是练就一身功夫的战果

更是时代足音的镶嵌

让我们把握共同的志向

佩带和田玉素白的纯情

怀揣缤纷的花环

撬起巍巍五岳

穿越黄山之巅

摇曳五星级的辉煌

挥洒对事业追寻的灿烂

让珠穆朗玛也呐喊呼唤

只有心灵茶语的湿润

才会撩起蘑菇云般的裂变

让我们翘首以待

去除迷雾排除障碍

让汨汨泪水盈盈而洒

可努力与智慧定能帮他

扬鞭青云挥戈林海的固顽

共同铸造那伟大的涅槃

2015 年
7
12 月大

拷问灵魂

当今的时代，是一个不安分或者混沌的时代。我们没有办法看清我们的未来，在衣食无忧的状态下，心灵却得不到满足，看似自由却时常感到窒息。拷问自己，我们为什么会活在如此令人窒息的低气压之下呢？那是因为我们的灵魂失去了指南，对生存的意义和价值感到茫然。那么，人活着到底是为了什么？回答这一问题，好像在沙漠洒水和在急流处打桩一样，很是困难。

没有谁能彻底躲过欲望的束缚和迷惑，也许这是人类的天性。可要对财富、地位、金钱、美色、名利无休止地追求，并沉溺其中，任其摆布，就会荒芜灵魂，枉此一生。因为这些东西生不带来死不带去，唯一可以带走的可能就是灵魂了，假如灵魂存在的话。

依我看，如果拷问我们的灵魂："这一生所为何来？"我觉得应该毫不犹豫地回答："我是为了做一个比降临人世之初更好的人而来！"尽管在人世间尝尽了酸甜苦辣,品透了炼狱般的痛苦与折磨,但我们依旧需要提高心性,锤炼灵魂,秉持着今天比昨天好,明天一定比今天好的憧憬而努力不懈地付出,并坚守人性的纯洁与美好。

这也许就是活着的意义。

二十年后的今天,我依然能清晰地记得当年电视机里这几句震撼心魄的诗句:"如果你爱他,就把他送到纽约,因为那里是天堂;如果你恨他,就把他送到纽约,因为那里是地狱!"

二十年前的一部电视剧《北京人在纽约》,让国人对出国的苦辣酸甜家喻户晓,纽约这座国际都市从此也在国人心中打下了深刻烙印。当王启明那双艺术家的手不得不在纽约中国餐馆里洗盘子的时候,他才真正懂得,为了梦想要付出多少代价……

二十年间物是人非,走出国门的一拨又一拨寻梦者,都为"海漂"之路写下了属于自己的寻梦痕迹,几乎每个人都有一部辛酸史。尽管中国人到纽约的目的不尽相同,但生存、打拼并取得发展是每个来纽约的中国人共同的梦想。个中滋味,冷暖自知。

以前我看过《围城》,感觉出国是一件大事,需要坐船,一坐就是一个月。现在感觉整个世界都在同化,特别是有了微信,可以每天跟五湖四海、世界各地的朋友聊天。当年的人,他们对于生活的追求其实更多元化,现在出去就是学习,进专门针对中国人开办的语言学校学语言,反而失去了感受国外社会各个层面不同生活的机会。现在出国的人比当年的要多十倍、百倍,但是你看有几个学有所成呢?因为他们的生活条件太好了,不需要打工,不需要住地下室,更不需要体验贫民窟。近年陆续来美留学的大部分都是富家子弟,绝大多数是中国改革开放以后先富起来的那拨人的子女,还几乎都是独生子女。他们不可能像其父母那样,都坚持着北京人在纽约那种打拼精神而成长起来。

　　80后的旅美钢琴家郎朗,他在美国打拼的历程算得上是幸运的代表,而我们也能看到这种幸运的背后是时代赋予的礼物。

　　郎朗回忆说:

　　　　第一天在美国上学,我见到我们老师就说能不能开始准备比赛,我要把所有的成人比赛全拿下。老师说:"你这种想法已经不太适合现在这个时代了,你不要去想这些东西,而是应该好好学习新的曲目,我相信有一天你会有机会在美国一炮打响!"我说什么叫一炮打响,怎么才能有这种机会? 老师说:"比如你被哪一个指挥家看中了,他给你很多的机会,或是让你演奏非常重要的音乐会,把压轴戏给你;或是有著名的音乐家生病,需要一个超级替补。"

　　郎朗的经历告诉我们,美国社会对新一代中国留学者的新的态度与新的待遇。当下的中美两国人民对彼此都有了更真实的认知,"美漂"对于中国人来说已不再神秘,北京也和王启明等走出国门时大相径庭,"纽约客"变身"北京客"的也大有人在,有人说"纽约还是那个纽约,但北京早已不是原来的北京了"。

　　在中国之声特约观察员丁兆林看来,改革开放之初中国所谓的留学潮更多是人们在寻找能够学到什么东西,开拓一下自己的视野,所以那时候学习更多,所以我们叫留学。那个时候的中国,有太多的封闭,所以很多人出去学习,想开拓一下自己的思路。从这个角度说,现在的中国、现在的北京都发生很大的变化,而纽约与二十年前比并没有太过明显的变化。

　　美国《侨报》有篇文章写道:"在曼哈顿东村这条再普通不过的街道上,没有人会注意到这幢不起眼的居民楼,更不会留心脚手架下面的那个地下室入口。一个戴着口罩的华裔女清洁工站在楼前闲观路人。沿着地面的台阶下去,走进地下室,迎面一股尘土味儿,几名工人正在里面装修墙壁,整个地下室凌乱不堪。这便是当年的电视剧《北京人在纽约》里王启明夫妇最初落脚的地方——那个曾经让无数电视机前的中国观众唏嘘不已的地下室。"

而实际上,这也是陈凯歌、谭盾、李安、陈逸飞、顾长卫等一大批如今已非常著名的艺术家当年停留纽约时住的"招待所",是一个让其梦想发酵的地方。对此,《侨报》记者管黎明说:他们那些人大部分都已经回国并取得了很好的成就,而谭盾现在在美国是非常有名的作曲家。

《北京人在纽约》当年一炮而红,在以后的这些年里影响了一批又一批美漂的中国人,甚至一些人自己想来而没实现则送儿女美漂,以此来实现美漂梦。像《北京遇上西雅图》这样的故事何止千万,这也仅是美漂中最平常的经历而已。有不少有识之士试图拍摄《北京人在纽约》续集,故事比之前感人百倍,而且做了很长时间的准备,但迄今为止并未有人敢去实施。

二十年弹指一挥间,我同样是看着《曼哈顿的中国女人》和《北京人在纽约》而最终选择美漂生活的一员。美漂十余年的感受一言难尽,但有一点可以肯定:如果再让我选择一次的话,我还会选择美漂!

2015 年
11
12 月大

领袖人物特质

今天和几个朋友聊起了领导力问题,我的观点是这样的:

领袖型人物特质一:他认为这个世界弱肉强食,他是愤怒的公牛,他追逐的权力和地位可以使他成为正义的执行者。通过正面冲突来考验对方动机。他是规则制定者,却会很快厌倦规则。他能量过剩,例如彻夜狂欢、日夜工作、喜欢的食物连吃三盘……他具有进攻性,对冲突中不退缩的人感兴趣。当别人因他的自信及无规则爱上他时,他会拒绝和离开,认为自己的无聊误导了他人。

领袖型人物特质二:他是硬汉,在摸爬滚打中赢得同伴敬畏。他是斗士,认为破坏规则比遵守规则更有趣。对于挑战,他高度投入、充满能量。他很快能发现对方的薄弱环节并加以控制。他是很好的盟友,困难中会为他人利益冲锋在前。遇到值得对付的对手,他会斗志昂扬,在他心中只有弱与强、行与不行,非黑即白,没有中间地带。他拥有强大的直觉,总被正能量吸引。

领袖型人物特质三:他在公开竞争的环境中成长壮大,他会用上天赋予的任何特质去赢得胜利。他渴望获得无限激情,同时也是天生的孤独者。作为领袖的下属,让他充分获知信息很关键,全面准确地汇报会使领袖者感到安全。如果下属推卸责任会引起领袖不满。领袖型人物属于典型的困难型领导,越是困难越能脱颖而出。对于朋友,他很愿意付出时间和精力。

有些朋友忍不住问:"金哥,您平时都是怎么修炼自己的呢?"

我对朋友说:

(1)在每次面临选择时,你都选择更少人走的新路和小路,你有勇气书写不常规的人生和活法,自然比多数人多了艰难。

(2)你有强大的生命力,你像《鲁滨孙漂流记》中的鲁滨孙一样,一无所有仍能重建家园和自己的王国。你总是丛林中吃得最饱的狮子。

(3)你不怕与人竞争,但在独处时你有深深的孤独与思考。进攻时的勇猛与深夜面壁的思维方式同时体现在你身上。

(4)猎奇是你特质中的闪光点,无论对于事业还是感情,征服与好玩凸显你的雄性特质,嘴角偶尔会有小男孩般顽皮搞怪的恶作剧微笑。外在强大的身躯,其实内在住着一个小孩。

(5)你身体的每个器官和细胞都身经百战,感谢他们无怨言地陪伴,无怨言地接受酒精接受熬夜。他们是本次生命之旅中唯一时时刻刻陪伴你的伙伴。

2015 年
13
12 月大

生
日
礼
物

　　生日的前几天,我接到朋友的电话,他说为我准备了生日礼物,可能因为某种原因会延误一些时间,生日那天不能送到我手上,但礼物一定很特别。我当时并没有特别在意,只是说了些感谢的话。

　　我平时不怎么过生日,也从不认为自己的生日有多值得纪念,因为总觉得自己出身贫寒,山沟里长大,纯粹一介草民,把自己搞得像寿星似的开个生日宴会,不管别人怎么说,自己都会很别扭。但如果无意碰上,或正好触景生情地想起了自己的生日,或朋友同学特意安排,我也能快速拾起场面,应对自如地怀揣感恩的心去接受大家的祝福。

　　这种心理习惯的形成,与我出生、成长的年代有关,在那个连温饱、存活都很困难的年代,怎么可能谈到过生日呢?迄今为止我的生日自己都记得不太准确,父母对我确切的生日也记得不清。母亲一辈子生了十三个孩子,只活下来三个,在我出生的前后几年,我的好几个

兄弟姐妹都夭折了。可以想象当时母亲是在多么不易的条件下把我养活成人，生日记不清也算正常，所以过生日在我脑子里没有太清晰的概念，觉得只是个时间节点问题，也用不着算生辰八字，算了也不一定准。也许正因为如此，我特别留意我孩子的生日，最起码日子会记得准确无误。

生日过后约两个月的某一天，突然又接到朋友的电话，他说要来新乡某个企业讲课，为我特制的生日礼物已经完成，顺便带给我。我当时正好在公司开会，一时不能脱身，就把我孩子的手机号码给了朋友，让他把礼物先给我儿子，此时我依然没有太在意，道谢后就挂断了电话。

当我拖着疲惫的身子回到家已是晚上九点多了，一屁股坐在沙发上想稍作休息。这时，儿子拎着蛮重的一个手提袋走过来说："爸，这是你朋友给你的礼物，包装很精美，我问他是啥，他说不知道。"我示意儿子拆开看看，儿子打开后说是几本书，书名是《财自道生为我闯天路》，我又问他其余几本是什么书，儿子翻阅后说是五本一模一样的书。我有点诧异，只觉得这书名挺熟悉的，却不记得在哪儿见过，又不是系列书籍，为何会一下送五本呢？

正当我纳闷时，儿子拿着书给我看，说是刘佩金著，竟是我自己写的书？我接过书快速翻看，噢……没翻几页便恍然大悟！

太有创意了，太让人吃惊了，这礼物太厚重了！朋友竟然把我回国两年多来在 QQ 空间的所有日志整合印刷成了一本书。书名是我写的一首诗歌的最后一句。我捧着书认真地浏览，非常感激朋友的良苦用心。立即开始营销，推荐给儿子和儿媳，让他们认真看一下老爸的作品。

如此有创意的生日礼物，如此烦琐的工程，该耗费多少时间才能做成啊？用心良苦！说实话，我就不具备这样的创意才华，更不具备这样的耐心。此乃我的差距，做他人朋友的不足。依我看，生日礼物通常是在他人的生日时，为了表达朋友之间最温馨最美好的心意而给对方的礼物。礼物不一定贵重，只要能表达诚挚的希冀与祝愿就可以了。谁能想到朋友会为我这个名不见经传的一介草民如此大费周章，感动之余还是感动……

后来打电话问朋友缘何有如此创意，他回答得很干脆："因为你做养老事业的善行！"我一时无语，但还是在心里默念："天地无私，为善自然获福；圣贤有教，修身可以齐家！"

2015 年
15
12 月大

越挫越勇

晚上刚回家,有同学打来电话,告诉我他抢占市场的策划方案终于变成现实:"你知道我有多激动吗？如果不是两地相隔,我一定与你痛饮一场！"他的声音虽略带沙哑,却铿锵有力。

我能感受到同学激动的心情。表示祝贺之后,我开始耐心地听他诉苦:"哥们儿,你知道我五年前是个什么样子吗？那是我人生最暗淡的日子,法院查封了家产,债主甚至让黑社会来逼债。当时我妻子在医院里生孩子,讨债的竟跑到病房逼债！"

同学有些哽咽:"那时我不知流了多少泪,对不起妻子和孩子呀。我关掉手机,死的心都有,差点儿跳楼自尽！可当我站在楼顶俯瞰整个城市时,忽然觉得六尺男儿不该这么早结束自己的生命,活下去成了我当时唯一的信念,我必须相信天无绝人之路！"

同学放慢语速接着说:"打那儿以后,我反省了半年,最大的收获是把心态调整好了。哪里跌倒就在哪里爬起,开始以平和的心态来面对眼前的一切困难。再没有关过手机,再不躲避债主,而是耐心地给他们解释。"

他停顿一下又接着说:"后来的日子,我深信人生没有坦途,必须越挫越勇才能对得起自己的生命。什么都可以倒,人生的信念不能倒!经过一番破釜沉舟的打拼后,我仅用一年的时间就全部还清了外债,并创建了现在的公司。四年时间,公司的销售业绩连续翻番,今年最少八个亿,风投已开始进入,创业板上市犹如探囊取物!"

同学说得心潮澎湃,我听得也非常认真,并再次祝贺他的成功。挂了同学的电话后我想了很多,倦意与饥饿全无,坐在电脑前点燃了香烟……

《易经》有云:"泽无水,困。君子以致命遂志。"意思是说作为君子,应该身处困境而不气馁,为实现志向可以不惜牺牲自己的生命。细想一下,人生真是无坦途可言,起伏是必然的,谁也无法躲避,如何用强悍的坚毅、难泯的自信、非凡的勇气、百折不挠的精神去抗争困难,就成了每个人必须面对的问题。那么,我们该以怎样一种平常的心态去面对挫折与困难呢?

依我看,活着,不管从哪个方面和角度来理解,都只有一个结论:不易!既然如此,就不要拣便宜,挑容易。坚持该坚持的路,坚决走下去!无论沿途遇见什么,都必须勇敢去面对,活出真实的自己!深信不经历过失败与挫折的人生就不是完整的人生。没有一颗勇往直前的心,将失去活着的意义!

2015 年
19
12 月大

莫要庸人自扰

　　今天与几个首长去省里请上一级首长聚会,饭局中大家纷纷寒暄敬酒。

　　挨着我坐的小沙一直不敢行动,附在我耳边窃语道:"我是刚提起来的小芝麻官,在座的都比我职位高,我敬酒他们不喝该咋办?"我说:"没事,你就大胆地敬吧,真不喝也没关系,大不了你自己喝呗。"他讪讪地说:"算了,还是不敬吧,敬不下去会很难堪的!"我说:"你这是庸人自扰! 还没敬你怎么知道结果?"话音未落,一号首长发话:"小沙,你年龄小、懂事早,还傻乎乎地坐着干什么? 不知道给长辈端个酒?"刹那间小沙拘谨得满头大汗,硬着头皮站起来敬酒,说起话来词不达意,敬别人一杯,自己最少喝两杯,喝得脸通红,显得有些狼狈。末了首长还加了一句评语:"不够成熟呀小沙,仍需加强锻炼!"小沙频频点头,仓皇地回到了自己的座位,一个趔趄弄得人仰马翻。

酒席仍然继续,小沙越发难堪。

面对聚会敬酒等细节,小沙胆怯,爱胡思乱想,太计较细小的得失,还没行动就已经把自己弄蒙了。现实中敬个酒有那么难吗?小沙凭空给自己增添了很多烦恼,沉浸在极度焦虑中,未上战场已心惊胆战,最后把自己搞得极其被动,不光失掉了正常人应有的自尊,还使自己受到了惊吓,这才是"天下本无事,庸人自扰之"。

其实很多时候,我们需要看开一些,不要把现实中的人和事都想象得那么糟糕,即使失去了一些面子又能怎么样?那些心理健康的人,不计较暂时的得失,或者不太顾及眼前的宠辱,而是怀着一份快乐的心态,用愉快来装点生活,怀揣的满是祝福与美好,他们往往能够在欢乐而轻松的气氛中赢得人生的精彩。

现实中,野心过大、梦想过高、占有欲过强的人,通常会更计较自己的得失,平添很多忧虑,因为他们不想走错半步,不想有一丝一毫的闪失,他们认为只有这样才会比别人走得快。可众多实践证明,这些人是小聪明、小智慧,往往因为忧虑过多而导致精神崩溃、前功尽弃。试想一下,人非圣贤,孰能无过?而那些大聪明、大智慧的人,从来不在乎一城一池的得失,他们反而能在失误中不断修正自己,使自己终有所成。

其实每个普通人都会或多或少地计较得失,从某种意义上说,芸芸众生都是庸人,这是人的天性所决定的。有思想就会思考,但若想得过多,就容易把简单的事情复杂化,带来不必要的心理压力,反而弄巧成拙,适得其反。反之,用平常心对待生活中的得失,得失随缘,心无增减,则易从容、愉快起来。打个比方说,白纸上有一小黑点,用肉眼看微不足道,而用高倍放大镜看那就成了大问题。总是用放大镜看待自己的人生境遇,那就是庸人自扰了。再比如,在股票市场里,没有永远的涨势,也没有永远的跌势,涨跌皆按趋势运行,在阶段内自然循环转化。如果股票跌一点就心惊肉跳,那你千万别玩股票,因为它与心理承受力是一种博弈。经历、锻炼多了,就会见怪不怪,庸人自扰的毛病也会相对减少。

小沙就是因为担心太多,经历太少,太过顾及脸面的得失,才把自己弄到了极其难堪的地步。我们只要能时刻提醒自己,用平常心对待一切,不计较鸡毛蒜皮的得失,就容易成为生活的强者和智者。

美国某大学最新研究成果显示:人们的忧虑40%不会发生,是大脑疲劳过度的产物;30%是懊悔从前的决定,而这些决定已无法改写;12%是因太在意别人对自己的评价,而这些评价有或多或少的不客观;10%是因为过于担心,而这些担心只会使情况变得更糟。总计92%的烦恼都是庸人自扰,只有8%的忧虑是正确的。这项研究提醒我们,应当放开心态去轻松应对人生中所发生的一切。

2015 年
20
12 月大

优雅地妥协

　　今天在郑州某金融大厦谈事，朋友谈及"优雅地妥协"与"智慧地索取"的关系时兴趣甚浓。起初对该话题我不屑一顾，认为两者互不相干，可听朋友一番宏论后，我改变了看法。下午回新乡的路上，车窗外阳光明媚，我微闭双眼对这两个词又思考了一番，回家敲成小文，与朋友们分享。

　　优雅一词，意思近似于和谐、美丽。美丽是上帝的恩赐，优雅是艺术的产物，在陶冶中生成。妥协的意思是让步，避免冲突和争执，是指在冲突双方互相让步的过程中达成共识。优雅地妥协，显而易见是在和谐而美丽的姿态下做出让步而达到某种共识。

　　可在大多数人心中，妥协就是认输，意味着失败、失去和没骨气。宁愿争得头破血流也不愿意失去可怜的自尊，好像永不低头才够范儿。这在战争年代有利于鼓舞士气，树立必胜的信心，但在和平年代，残酷的现实是：人外有人，天外有天！既然妥协无可避免，何不洒脱面对、优雅处之？换言之，你想赢得更多或取得各方资源的有机整合，得到利益最大化，就必须学会暂时丢掉颜面，以妥协的姿态存在于广泛而复杂的社交体系中，从而得到更高境界的回报。比如，太漂亮的女人总容易孤单一人成为剩女，原因是她不肯向爱情妥协，太过追求完美。太帅的男人最后总会和不太漂亮的女人在一起，因为他们懂得妥协。太漂亮的女人和太帅的男人总是无法长久地生活在一起，因为他们都已习惯被人围绕着取悦。那些颇有内涵的人，大多会以优雅的姿态和适当妥协的方式在每一次较量中取胜，而绝不是抗争到底！

青年时期争强好胜、锋芒毕露，这是生命周期的自然特征。认为妥协就等于失败、等于丢脸，这种想法在中国面子文化中是很自然的。而当你步入中年之后，委婉豁达、曲径通幽的处事方式，就变成了一种非常向往的智慧。孔子说"四十不惑"，这里的"不惑"其实就是一种妥协与豁达。

优雅地妥协是圆活的太极，是阴阳的平衡，是各取所需的谐和境界，是人生风雨冲刷后的鹅卵石，是岁月河流沉淀的金沙滩，因平和而美丽，因从容而动人。优雅的女人之所以美丽，是因为懂得在撒娇中进攻，在强势中妥协。一双清澈的双眼透露出来的尽是优雅妥协的纯净，矜持含蓄中缭绕着智慧的气息，宛如风中飘荡的芦苇，绽放出生命中柔弱的美丽。这实际上是女人对男人最大的索取，也是对男人最彻底的征服。

『教授』的哲学

下午静心睡了几个小时,这对于忙碌的我来说有些奢侈。五点半接到朋友电话邀请,我应邀驱车前往。

朋友的家依旧那么温馨简单,低矮的餐桌上备好了几道冒着热气的小菜,几人桌前一坐,便开始吃喝。我这位朋友在高校工作多年,大家都管他叫"教授"。是不是真正的教授不得而知,也无心去考证,只管称他教授就是。

几杯酒下肚,教授便开始发表演说:"什么叫学问,你们懂吗?学问的美在哪里?"接着便开始用新乡延津话讲起了学问:"学问之美,在于使人一头雾水;诗歌之美,在于煽动男女出轨;女人之美,在于蠢得无怨无悔;男人之美,在于说谎说得白日见鬼。"猛一听让我发愣,于是赶紧问:"你说什么?别急,再说一遍。"教授利索地重复了一遍,又稍作注解:"学问之美,在于让人一头雾水。其意是指,学问是一个环环相扣的过程,经常会有一个馒头引发的一个或多个血案出现的例证。在学问的迷雾中前行,需要永恒的热情,只有这样才能在学问的迷雾中不迷失方向,这必须建立在聪慧的头脑和广博的知识积淀以及自己独到的主张之上!"他仰头喝了一杯酒就转到另一个学问:"生活的美也是这样,永远占领着绝对领导的位置。当无数的傻子高呼着自己控制了生活、掌握了命运,却没看到生活站在更高的苍穹之上,露出了讥笑嘲讽的神色。"教授思维太跳跃了,我晕。

或许是酒的作用,教授接下来的话语更让我诧异:"曾经和朋友一起仰望星空,随即我们泪流满面,他是因为失恋,我则是因为扭伤了脖子。"接着又说道:"人不犯我,我不犯人;人若犯我,礼让三分;人再犯我,我还一针;人还犯我,斩草除根。《西游记》告诉我们:凡是有后台的妖怪都被接走了,凡是没后台的都被一棒子打死了。"

"这都哪儿跟哪儿呀,转弯太快了吧!"有人接腔。

教授并没有因此停止他的学问演说:"傻子偷乞丐的钱包,被瞎子看到了,哑巴大吼一声,把聋子吓了一跳,驼子挺身而出,瘸子飞起一脚,通缉犯要拉他去公安局,麻子说,看我的面子算了。"哄堂大笑,我一头雾水,更晕。

教授接着又是一番宏论:"多想某天醒来睁开眼,发现自己坐在小学教室的课桌前。老师掷来的粉笔头正好打在额头上,可这是梦,不可能再有了!就像面包掉地上时,黄油一面朝下的概率与房子的价格成正比一样!"我越听越糊涂,想要他解释一下,教授不由分说地继续他的学问:"我们是动物进化来的,即便是高级动物也还是动物,达尔文主义一直适用。只有把自己训练成更敏捷、更强壮的动物,才能活得好点。所以懒散消极肯定不是长久之计,要是在动物世界,在金字塔底的你还这么耗着,已经死了!"

我晕死!越听越不靠谱,但也只好硬着头皮往下听:"一个人要知道自己的位置,就像一个人要知道自己的脸面一样,这是最为清醒的自觉。洗尽铅华总是比随意涂脂抹粉来得美。所以做能做的事,把它做得最好,这才是做人的重要道理……"

我实在是听不下去了,就装着打电话,一个人提前离席,回到家才给教授电话致歉。

虽说教授的话让我丈二和尚摸不着头脑,可当我坐在电脑前时,还是很冷静地品味了一番,感觉好了很多,学问虽跳跃太快,但道理深刻,反而开始为教授叫绝,并依次把教授的学问记入今晚的日记,以便学习。

此时,一位挚友从网上发来一首许鹤缤的新歌《家在远方》,旋律优美,歌词动人,我立马把它换成了背景音乐。其中有一句歌词很适合我此刻的心境:"虽然很想家,虽然也会迷茫……我会依然坚持在路上……"

2015 年
30
12 月大

寻找比找到更重要

　　今晚应朋友之邀一起喝茶并共进晚餐,朋友刚从清华大学的资本运作班学成归来,有一番心得要与我共享。滔滔不绝的资本理论没能引起我太大的兴趣,临结束时他的一句话却让我沉思良久:寻找比找到更重要!

　　寻找注定有两种结果:找到和找不到。寻找带有悬念,要寻,寻得很艰辛,有可能完全找不到。找不到你可能会一直找下去,会孜孜不倦,不实现目标决不罢休。寻找设定的梦,梦未圆便意犹未尽、夜不能寐,让你全力以赴。在寻找的过程中会积累很多经验教训,衍生很多感悟,通过一次次的寻找而逐渐接近找到。"谋事在人,成事在天",谋事即为寻找,找到即结果,人应该谋事,去感受寻找的过程,获取经验、方法、教训,最重要的是历练寻找的过程,既然成事在天,又何必去看重结果呢?

寻找比找到更重要,也暗示了我们没有寻找的过程根本就不可能找到。寻找的过程应当偏重于计划、调整、完善,而偏重找到会导致急功近利、欲速则不达。其实做任何事都需要过程,过程就是一种苦涩的历练。应该说神圣的工作其实就在日常事务里,理想的前途在于从一点一滴做起。卡·冯·伯尔曾说:"科学的永恒性就在于坚持不懈的寻求之中,科学就其容量而言,是永不枯竭的,就其目标而言,是永远不可企及的。"世间万物,都有一个形成、发展、消亡的过程,日月星辰如此,花草虫鱼也是如此。人贵为万物之首,也难以超越生命的规律。"人生一世,草木一秋"是对生命的感叹,也是对人生的超然。如果过于看重人生的结果,那人生就会消极、灰暗,只能坐以待毙,生存还有什么意义? 生下来就意味着死亡的接近,反正结局就是一死,何必活着呢?

人世间,凡事都得经寻找的过程,做事必须按事物发展的规律一步步来,好高骛远要不得,速度太慢也许会延误结果,但拔苗助长一定会事与愿违。

任何事物个体存在的过程都从属于一个更大的整体过程,全人类就是寻找过程的集合体,人生就是由若干小寻找过程联结而成的大寻找过程,每一个小寻找都有相应的小找到,如果找到就以为"地到无边天为界,山登绝顶我为峰"似的到头了,你将不再有喜怒哀乐,也失去了活着的意义。

人生在寻找中获取乐趣,人生在寻找中豁然开朗,人生在寻找中妙趣横生,寻找带来的是追求的悬念和意义。幽兰在山谷,本自无人知。只为馨香重,求者遍山隅。

2015 年
31
12 月大

长岛的快乐夕阳

今天突然想起三年前一个星期六的早上，我在长岛某饭店里吃早餐，两位美国老人颤颤巍巍地坐在我旁边，我有幸在等餐的时间里聆听到了世上最经典的一段情话：

老先生凑近老太太低声说："琪琪，后天你八十一岁，我要送你生日礼物，你想要点什么啊？"

老太太瞥了老先生一眼："我不知道，我怎么知道你是咋想的？你就看着办吧！"

老先生有些无奈地对老太太说："那好吧，我就试试看。"

老太太低头嘟囔老先生："我都快死的人了，你竟然还没上心！"

老先生望着老太太，歉意地微笑："你的生日我早就铭记于心，我从没记错过！"

老太太向前倾倾身笑着说："那一年，你去中国谈判时，打来电话给我祝贺生日,竟然早了一天!"

老先生无奈地对老太太说:"那是因为时差,时差懂吗?"

老太太摇摇头说:"可生日礼物晚到了快一个月!好在我挺喜欢,是中国刺绣!"

老先生有些懊悔地说:"噢,真对不起,我好像一直都没长大,唉,怎么就忘记遥远的路程了呢!"

老太太望着老先生:"不怪你,怪我矫情!你去巴黎谈判那次贺电和礼物都准时,要表扬!"

老先生边吃早餐边说:"你的脑子太好使了,都能记得那么清!"

老太太拍拍老先生的手:"好啦,你坐好,这咖啡我喝不完,半杯奖给你了!"

老先生像孩子似的笑笑说:"谢谢!这辈子奖了我多少杯了,你也能记清吗?"

老太太撇撇嘴,慢慢悠悠地说:"你慢点,别烫着你的手。你一共给我送了六十五件生日礼物,包括婚前!"

老先生柔柔地说:"琪琪,那是汉堡,这个才是牛肉三明治。"

老太太学着年轻人的口吻撒娇道:"不嘛,我喜欢吃汉堡嘛。"

老先生关切地说:"你太重,吃汉堡多了不好的。"

老太太恳求地说:"就这一次,好吗? 我爱你!"

老先生干脆地说:"不,不好的,你应该听话才对!"

老太太委屈地哼哼:"好,你一辈子都管着我。"

老先生含情脉脉:"我爱你,才管你!"

老太太带着希冀的口气说:"我等着你的第一百件礼物……"

看来他们生活得很开心! 我忍不住询问了老先生的年龄,得知他1924 年出生,此时已经八十八岁高龄,曾在白宫工作很久,多次访问中国,有很多中国朋友。老太太原先是教师,两儿两女都已结婚成家,移居他乡。老两口退休后留在纽约长岛生活。

三年过去了,我还能时不时地回忆起两位老人,也总是被他们甜蜜的对话所感动。

2016 年
6
1 月大

梦牵巴黎

这个黄昏,天空淅淅沥沥地飘洒着细雨,天已尽显冬日的寒意。后院里的菩提藤和曼陀罗失去了原来的色泽,在冷风亲吻之后更显扭捏。藤条随着雨声颤抖,伴着后院的室外射灯,晃动的藤影婆娑迷离起来……

我下意识地端起一杯黑咖啡,走到落地窗前,凝视着玻璃上晶莹如泪滴般的雨珠,随手打开了旁边的音响,肖邦第二钢琴协奏曲那柔美、忧郁的旋律,顿时弥漫在整个房间,把我带入了思念的情绪……

思绪不知怎么又回到了数年前的巴黎,那是一个同样秋雨淅淅沥沥的午后,我刚结束了在欧洲的学习,途径巴黎准备回国。因目的地天气原因,飞机延迟起飞,不得不滞留在巴黎机场。因为登机时间迟迟无法确定,人就显得情绪低落、百无聊赖。

"Excuse me! Can I sit here?"(抱歉!我能坐在这里吗?)不用抬

头,我也可以分辨出那是一口纯正的美式英语,夹带几分成熟女人特有的魅力。这位女士来自世界之都纽约,生活在那里的人相对比较开放和率性,她也不例外。交谈中,可以感觉到她比较幽默,当然不是我司空见惯的无所顾忌的幽默。同样的经商背景,使我们有了共同的话题,她也因为天气原因不能正常起飞。看着时间还早,她提议去巴黎街头走一走,顺便吃个晚餐,这对我来说真是最好不过的建议了。于是我们像两个挣脱了家长束缚的顽皮孩子,一溜烟冲出了机场。

法国的巴黎,是这个世界的浪漫之都。年轻时,我慕名来过几次。可以说我迷恋这里的一切,空气、建筑、格调、风土、人情、生命的期盼与真谛,我甚至愿意沉睡在巴黎的大街上不愿醒来。曾经徜徉在罗浮宫,倾倒于蒙娜丽莎的神秘微笑,漫步在塞纳河畔、凯旋门、圣母院、埃菲尔铁塔,还有那五颜六色的香榭丽舍大街。巴黎,太过浪漫,太过诱人。在巴黎你没办法不醉,没办法不开心。虽然我的英文远不如她,但也能中英结合应付自如地交谈。我们聊各国的风土人情、人文景观,时间不知不觉就这样过去了。晚餐就要结束了,我们不得不回机场。

机场的广播在提示:飞往纽约航班的登机时间马上就到。当最后的分手来临时,我们只是紧紧地握了一下手,说"Nice to meet you"(很高兴认识你),然后大踏步不回头地各奔前程……

回来不久就收到了她的电话留言,重复最多的话就是:"If God gave us time, what would happened to us?"(假如上帝给了我们时间,我们会发生什么?)我始终这样回答:"Actually, God hasn't give us any time."(事实上,上帝没有给我们任何时间。)后来也陆陆续续有短信往来,但是彼此始终没有再约见面。那个雨后浪漫之都的美丽邂逅将永远铭刻在彼此的记忆中,久久不会消散,如同这雨中的曼陀罗,虽然颜色褪尽,却依然内存暗香。

　　我的思绪慢慢地回到现实中来,肖邦的协奏曲已接近尾声,声音从忧郁走向激昂,预示着乐观的结尾。我的情绪也开始好转起来,想着做一顿美味的晚餐犒劳家人和自己。可突然间,肖邦的协奏曲变成了王菲的《因为爱情》,睁眼一看,我竟坐在餐厅的饭桌前,听老婆说我对着窗外发呆时睡着了,都快一个小时了,嘴里还叽里呱啦说着梦话。突然意识到我刚才是在做梦,且说了梦话,可老婆并没有兴师问罪的迹象,噢,原来故事的女主人公就是她!

　　其实,生活原本就是如此,无论经历过怎样的璀璨、绚丽,最终都要归于平淡,或许这就是生活的本质。

2016 年
8
1 月大

关于学英文

在北美学习、生活了几年，我学到了很多东西，也因中西文化的冲突而增长了不少见识。现在贡献出来，与国内的朋友们分享，希望各位今后在和外国人（仅限英语是母语的老外）交往中能更富成效，同时也想让那些为学英语而苦恼的朋友少走一些弯路，更快地学好、用好英语。

很多中国人在学习英语上花的时间比较长，效果却颇不理想。这与其学习、使用英语方面存在的诸多误区有关：一是长期的应试教育，使很多人认为学英语的目的是为了考试得高分，而不是实际应用。二是误认为英语不过是由发音、语法、句子和词汇组成的，只要学好语法、句子和词汇就能学好英语。事实上，以达到跨语言跨文化的有效交流为目的，比掌握发音、语法、句子更重要。

首先，让我们共同探讨目的问题。

没有目标的船只会永远在海上漂流。学习英语的目的多种多样，但学口语的目的只有一个：为了能与以英语为母语的人士进行有效交流，即在工作中能与其建立、保持和发展良好的关系，在生活中能与他们交流感情、相互鼓励和帮助。我们的目的并不是为了和同胞交流，也不是为了能和老外说上几句诸如"How are you?""I am fine, thanks.""My English is poor.""Bye-bye"之类的幼儿园英语，搞得老外一头雾水。有些人为了练英语没少浪费时间，没话找话地和老外闲聊——分手后，人家就再也不想和你交往，也根本记不住你是何方神圣。国内很多学英语的朋友，就像对着拳谱苦练了十年武功的纸上谈兵者，"十年磨一剑，双刃未曾试"，看似啥都懂，实战效果却不佳。

在中国，可怜的老外们大多饱经那些被问了上千遍的雷同的、无聊的、Chinglish（中式英语）问题的摧残和蹂躏，比如，"Are you an A-merican?""Do you like China?"之类的。我发现，有人竟扬扬得意地说：我英语口语很好啊，好到能和老外聊几句天儿。Come on! Give me a break！英语学到这程度，那纯粹是由中国式复杂的句子结构、严谨的语法和庞大的词汇构成的英语能力，只不过是聋子的耳朵，摆设而已，那不叫交流。

新加坡有位作者前段时间出了本书，叫《亚洲人会思考吗》，他说亚洲国家（包括日本、韩国）不具有创新（Innovation）的能力，很难和欧美竞争。但愿新时代的中国人不要被他不幸言中，仅从同胞们学习语言的方式来看，我们也确实比较缺乏创新力、灵活性。

不少中国人英语水平其实不算差，和老外谈谈天气什么的也没问题，但就是觉得很难和老外深入沟通，哪怕只是认认真真地谈谈也比较不顺畅。以我为例，在国内我很容易和大多数人成为朋友，自己也一直引以为傲，我对此的理解是：你诚心对待别人，别人通常也会真心待你，否则下次对他敬而远之就是了。可刚到美国时，和老外交往起来却特别费劲,诚心没有一点作用。

是自己的语音、语调有问题吗?不是!如果你有机会领教一下印度人的英语,你或许还会为中国人的发音感到自豪呢。我有个印度朋友叫 Abe,直到彼此在生意上合作五年之后我才能听懂他的大部分话,但印度人可怕的发音,丝毫不影响他们和美国人流利、有效地交流。

是语法和句子的原因吗?也不是!我之前遇到的美籍华人教授在美国工作、生活了二十多年,至今仍能明显察觉到他讲英语时的语法错误,可这好像也没影响到他在美国的顺利发展。

我们的问题主要在于:用本国的文化和习俗套用在英文的学习和应用上,加之学了太多没用的词句,因而,听不懂真正的英语和不能与以英语为母语的人士交流就毫不奇怪了。学习英语的策略和技巧大致可以分为两种:

第一,需要安下心来,花费时间去反复记忆——记忆那些自己和别人总结、归纳的知识。这部分工作,没有人能替代你,无论你是怎样的天才!但如果只靠埋头苦学就能学好英语的话,那中国人的英语水平,理论上应当是顶尖的了,事实却正好相反。在国外学习,我深深感到:大概是因为长期训练的结果,记忆力和背诵能力,尤其是记忆、背诵那些不容易理解的东西,是咱们中国人的强项,但实际应用和创新能力则是我们的弱项。

第二,需要学习如何在现实生活中有效地运用英语以达到交流目的的经验和技巧。中国人善于理论而逊于实践(为读书而读书)。英语的应用技巧很强,这一特点却被国内教英语、学英语的人士长期忽略。或是因为与说母语者接触有限,难以得到"真经",或是因为片面追求"高、大、全"式英语的嗜好和国人好面子的心理,大多数人乐于采用传统的也是最安全的学习方法:对句子、语法和词汇过于执着地偏爱。其实,语言只是一种工具(以此为职业者除外),如果不能为交流服务的话,其本身就没有任何意义。

读书和自学对提高英语水平固然有帮助,但读书的缺点和自学一样——没有反馈、没有双向的交流。理论上知道的事,实际做起来是不一样的。尤其是语言,她特别遵循用进废退的道理。掌握、提高语言能力最有效的方法是:创造条件和机会,同以英语为母语或在国外生活过的人士多学习、多交流。

研究表明,人在交谈时,八成的信息来自身体语言、语音和语调。此外,对交流有影响的还包括双方交流的目的、谈话的内容、对文化的理解和有效运用语言等诸多因素,而决不仅仅是句子、语法和词汇。

因此,常常能见到这样一个有趣的现象:一个只有三五千词汇量的秘书、助理,能用英语同老外流利地交流,而那些号称有三五万词汇量,手持六级英语证书的硕士、博士,学了十几年、二十几年的英语,面对以英语为母语的老外,除了最简单的几句不痛不痒的对话,难以进行有效交流,更不用说用英语生动、准确地表达自己的思想了。

对外交流中常遭到调侃的 Chinglish 是指用汉语文化、思维和习惯等去套英语文化。其结果是所学到的、所谓的英语仅限于和同胞交流,在和以英语为母语的人士交流时,双方因文化差异在语言表达上的体现而无法相互理解和沟通。

不去了解和学习英语国家文化在交流、沟通、运用上的体现,而只是生搬死套本国的文化和习俗,是造成交流障碍的主要原因,其后果和损害远远大于因为发音、语法和句子的缺陷而造成的损害。因为发音、语法和句子暂时不好,每个人都会表示理解,因为毕竟英语不是你的母语,可以慢慢提高。但因为文化冲突造成的人格、品行上的误解,甚至有可能和你想达到的目的大相径庭,毁掉宝贵的发展机会!

举个例子来说明文化冲突:西方人在交谈时讲究 Eye Contact(目

光接触），交谈的双方要注视对方的双眼。中国人对于注视双眼的看法多半是：这样直勾勾地盯着别人不太礼貌。但西方人士却认为：说话的一方两眼直视对方，表示自己的诚意和坦然的胸怀；听讲的一方两眼直视对方，表示自己对话题的兴趣和对对方的尊重。

西方人在见面时，配合着 Eye Contact 的是自信的微笑、有力的握手和正面思考型（Positive Thinking）的谈话，会使人产生和你继续交往的意愿。相反，如果是躲躲闪闪的目光（有的人更是因为想英文词句而抓耳挠腮、龇牙咧嘴或上翻白眼）、木然的表情和消极的谈话内容，无论你的语法、发音和句子多么纯正和优秀，也会让别人敬而远之。察己知人，你愿意和一个同你根本就格格不入的人交往吗？

所以，想提高英语水准的朋友，除了多听原版英文视听材料、多看英文原著，能找个老外练练口语是最好的一招。另外，上一个好一点的培训班也不错。交流易于激发学习的动机和兴趣，只顾一味埋头苦学，或是永远苦海无边，或是学到的只是哑巴英语和 Chinglish。你费时、费力和费钱所学到的"屠龙之术"，只限于和同胞进行中国式英语交流，还有什么价值呢？很多中国人学习英语所付出的冤枉代价和所走的冤枉路，你就不要去重复了。

中西差异及思考

同样是追求财富,中西方的主流做法和观念却截然不同。西方人,尤其是北美人特别推崇企业家精神,敬佩那些不利用裙带关系和不屈服于权贵,仅靠自己的才能和努力白手起家的人。他们抛弃自己本可能的安逸生活,去冒险、创业、拼搏(比如我 Larry,哈哈),并充分运用现代商务运作手段:市场调查、产品研发、广告和营销、质量控制、售后服务等,使自己的产品、服务为社会所接受和喜欢,最终成功。企业家,是西方民众心目中无可置疑的英雄!可以说,对企业家精神的推崇和追求,是美国开国仅两百多年就能傲视群雄的原因之一,其硬是把当年号称"日不落帝国"的宗主国大英帝国,变成了今天的跟班小伙计。

很多中国人则不然,心里爱财,又羡慕企业家的财富和影响,嘴上却称钱为"铜臭",定义所有的企业家都为奸商,以"无商不奸"的俗语来大而化之地定性一切商业、企业人士。对正当的商业行为，比如合理的广告、独到的营销，不少国人的反应均是嗤之以鼻、不屑一顾。我们中国人，难道不知道民族的兴旺和企业家精神息息相关吗？

在西方，企业家精神还是自由社会的一道屏障。美国以清教主义（Puritanism）立国。1620年，一批清教徒为免遭宗教迫害、寻求信仰自由，从英国的普利茅斯乘坐"五月花号"轮船抵达美国东海岸，被称为Pilgrim Fathers（首批清教徒）。清教徒认为：贫穷（Poverty）和懒惰（Laziness）同样是一种罪恶。人可以也应该通过自我奋斗取得成功，包括财务上的自由。美国人说："取得自由的唯一手段是辛勤工作，或者有一个有钱的爸爸。"哈哈，对不起，后半句是我自己加上的！明智的人，是不会把太多的钱留给子孙的。如果子孙们有本事，自己会挣到足够多的钱。没本事，留下多少钱也不够挥霍，反而害了他们。而中国人明知"富不过三代"的道理，还是想方设法把所有的财产和事业都留给子孙。西方人认为，一个有教养的绅士，有责任和义务以自己的财富和本领回馈社会，而不是贪得无厌、无止境地索取。国外有些社区不太欢迎中国人，不是因为种族歧视，而是因为很多国人缺乏这种回馈社会的精神。美国的院校，每年能收到大量的公司和私人捐款。比如我读过的商学院的教学主楼，是一对老夫妇1998年捐献五百万美元建成的。

由此我想到，曾经，国内视个人主义如洪水猛兽。把Individualism翻译成个人主义和利己主义，作为一个贬义词或禁忌词一直用到现在。事实上，在西方Individualism是个褒义词，而"自私自利"英文对应的是Selfish一词。在双赢（Win-win）理念风靡的西方社会，为追求企业和个人利益的最大化（Maximum Value），人们认为：自私自利的人都是短视的人，最终伤害的是自己的利益。大名鼎鼎的安然（Enron）是美国企业的一面旗帜，因造假舞弊而失信于公众，导致副总裁自杀,高层主管们被刑诉,庞大的资本帝国霎时灰飞烟灭,成为市场经济的反面教材。有朋友调侃说,中国已经从"黑猫、白猫,只要抓到老鼠就是好猫"的时代,进入"黑鼠、白鼠,只要不被抓住就是好老鼠"的时代。但愿这不是事实。

"大厦千顷,眠七尺之躯;珍馐百味,不过一饱。"我认为,人生百年如匆匆过客,一方面要珍惜时光,奋力向前,尽可能感受人世间的酸甜苦辣和人情冷暖,不枉活此生;另一方面,要认清财富的本质,生不带来,死不带去,要做金钱的主人而非奴隶,善用财富,利人利己!

一个民族的语言,是她特有文化的载体和沉淀,也是她的传统积累。而传统的力量是如此强大,本民族文化的影响又是如此根深蒂固,以至于我到美国两年以后,在和老外聊天时,常常忍不住还要问一些早已知道不该问的禁忌问题。

比如,How old are you? 在国内多么平常的问题,尤其是熟悉了以后,问问年龄,彼此称兄道弟,或姐妹相称,再自然不过了,喊句"老张、老李"什么的,尽管不老,被喊者心里也高兴。

中华文化,有一种根深蒂固的怀旧情结,沉迷于过去——或许是因为我们的祖先太出色、太优秀了吧。"历史悠久""百年老店"之类的,都是吸引人的亮点。我们崇尚的"老"似乎是智慧、权威的代名词。

北美却有着和我们的文化传统截然相反的理念。新的、年轻的才是生命和活力的象征,人们崇尚年轻(Worship Youth),老的、旧的是死亡、落伍的象征。所以,年龄在北美是个非常忌讳的问题,即使是在朋友之间。如果你想让以英语为母语的人士尤其是女士讨厌你,请大胆地问其年龄好了。很多北美人,特别怕过40岁生日,似乎过了40岁,就到了将要被社会抛弃的年龄。You cannot teach an old dog new tricks (老狗学不会新把戏)、No spring chicken(不再年轻)等俚语是北美社交场上中年人士常用的自嘲。

　　所以,在和老外的交往中,千万别暗示她/他的年龄,即使你已经不小心知道了。西方人有句笑话:永葆青春的唯一秘诀是"谎报年龄"!

　　平心而论,年龄又有什么关系呢? 很多人,号称活了几十年,不过是庸庸碌碌、苟延残喘,每天都是重复昨天而已。君不闻:有的人二十岁就"死"了,可到了八十岁才被埋葬! 年龄真的那么重要吗? 在北美,无论加拿大还是美国,根据其劳动法(Labor Law)规定:雇主在招聘中,不允许问及应聘者的年龄、婚姻状况、性别、种族和宗教信仰,上述原因也不得成为不予雇用的理由,否则就构成违法,轻则失去来自政府的采购合同,重则诉诸法律。

　　国内的招聘广告上常见"要求二十五岁以下,未婚",诸位恕我愚钝,对此就是弄不明白:除了招聘尼姑、和尚及老道,什么工作和婚否有关? 又有什么工作非要二十五、三十岁以下不可?

　　西方的那些真正的好东西,咱们怎么就学不到呢? 很多理念,包括对个体的尊重,对自由、财富、幸福的向往和不懈的追求,确实值得我们思考和借鉴。你也许会发现,这些理念,都会在英语交流中得到充分反映。